U0964802

你是第一
也是唯一

不及汪南爱我情

未然 著

花山文艺出版社

图书在版编目（CIP）数据

不及汪南爱我情 / 未然著. —石家庄：花山文艺出版社，2018.12（2021.4重印）

ISBN 978-7-5511-1955-9

Ⅰ. ①不… Ⅱ. ①未… Ⅲ. ①长篇小说—中国—当代Ⅳ. ①I247.5

中国版本图书馆CIP数据核字(2018)第264627号

书　　名：不及汪南爱我情
著　　者：未　然

统筹策划：张采鑫
责任编辑：董　舸
特约编辑：蒋彩霞
责任校对：齐　欣
装帧设计：蔡　璨　西　楼
美术编辑：胡彤亮
封面绘制：扎小扎
出版发行：花山文艺出版社（邮政编码：050061）
（河北省石家庄市友谊北大街330号）
销售热线：0311-88643221/29/35/26
传　　真：0311-88643225
印　　刷：北京时尚印佳彩色印刷有限公司
经　　销：新华书店
开　　本：880×1230　　1/32
印　　张：9
字　　数：200千字
版　　次：2018年12月第1版
2021年4月第2次印刷
书　　号：ISBN 978-7-5511-1955-9
定　　价：45.80元

目录

contents

目录

contents

第一章
chapter one

男神本是池中物

1

我叫苏玖月，是一名兢兢业业早出晚归吃了上顿没下顿的专业摄影师。

我最近过得很不好。

比如说现在。

摄影棚里接近 30℃的环境下，工作人员们正如火如荼地进行着拍摄。

“来，摄影师往右一点儿，角度摆好。”

我拿着摄影机往左。

“……摄影师往左一点儿，相机往右倾斜。”

我不动声色地往右挪了挪。

终于，站在对面的摄影监督不悦地皱眉，将手中卷起的方案一扔：“苏玖月，你能不能认真点儿？”

我憋屈地看了一眼男模特周汪南，低头认命道：“对不起。”

还没有等我抬起头，一阵凉风吹过来，刹时飘过来的凉爽让我差点儿感激涕零，幻想着自己奔跑在三亚的海风里，呼吸着夹杂着海味的空气……

只是还没来得及舒服一会儿，头顶上传来的男声顿时将我拉回到现实。

周汪南似笑非笑：“王摄影，您和苏玖月成对立面，位置恰好相反。”

所以，我的左边就是他的右边。

中年男人瞬间降低了几个分贝：“哦，原来……原来是这样。抱歉哈，玖月，你看这天气一热，我的脑子就不够用了……”

我抽了抽嘴角，天气可不愿意背这黑锅。

大概是到了吃饭的时间，周汪南看了看手腕上的表，劝大家回去休息。于是，所有人忙活了一下午，就这么散场了。

在这个拍摄现场，周汪南说东，他们就不敢说西，周汪南说追狗，他们就不敢撵鸡。我把这归结于恃才放旷，他以为自己长了一张祸害脸就可以天下无双？

不过事实证明，人家那张脸可是独一无二的销售许可证，想当年我这颗小春心也是拜倒在了他这华丽的羊皮下。

大一的时候，我刚刚进入新学府，瞬间有那种麻雀变凤凰的骄傲，年少无知的我对于大学一切未知的东西都充满了好奇。

所以，刚一开学，我便报了一大堆社团。正值冬天，天生自理能力为零的我不幸被流感大军侵袭，说起来也是够拧巴的，社团的事情又都赶在了一起，上课偷偷睡觉几次三番被教授点名，然后不可避免地罚写报告。

我整天背着个红色的小书包，脚下踩着嘎吱嘎吱的积雪，风里来雨里去。更难过的是，我将自己的零用钱全部都用来给周汪南买圣诞礼物，啃了半个月的馒头咸菜。

后来很长一段时间，孟清清都对我当初的表现唉声叹气。

现在回想起来，为了男人，我真是蠢透了。

那天中午，我尾随某人来到图书馆附近的六食堂，周汪南选了窗边的位置，背着光，细碎的头发散落在额前，一个人吃着牛肉面。旁边的女生纷纷侧目，看似无意，却私下里唏嘘着他独一无二的气质。

我模仿电视剧女主角甩了甩齐刘海儿，端着咖喱饭一屁股坐到了他的对面。

周汪南抬头冷静地看着我，我赶紧笑呵呵地挡住身后的空位："没……没地方坐了……"

他吃面的动作一气呵成，少年美好得让人挑不出任何毛病，青葱的手指和干净的脸庞，让我突然想起了偷看的小说里写的：陌上人如玉，公子世无双。

我呆呆地看向他，手中的筷子不知何时脱落下去，然后鼓起勇气红着脸说："周汪南……我……我想喜欢你。"

他起身离开："想得美。"

往事不堪回首。

回家的时候我顺路买了两袋狗粮，算是给家里那只长期受我欺压的狗子一顿大餐。

我一边回想大学时候为了周汪南做的蠢事，一边走到了自家公寓门口，正巧看到好几辆运输车停在我的单元门前。

转念一想，我和孟清清刚刚交了这个月的房租，应该不会被扫地出门，心里豁然踏实了许多，直接走过去打量着车上的家具。

棕色的沙发带着欧式的奢华大气，摆在门口的木质书架设计精巧，对于没怎么见过世面的我来说，这已然算是高级货。

正得意着，这时候周汪南那张脸却出现在家具中间。

他出现得太突然，就好像很多年前丢的东西突然到了面前。说得通俗点儿，就是我惊讶到嘴巴能够塞下一个鸡蛋，呆呆地望着对面的男人，恍若梦境般难以捉摸。

比起我的不淡定，周汪南只是隔着运输车淡淡地看了看我，然后仿若无事般拿着一个灯管走过来，像是多年未见的寻常朋友，问我："你会安装吗？"

笑话，活了这么多年，除了高中时的数学题，还没有什么事情能够难倒我。他话音刚落，我豪情满怀地扔下手中的狗粮，直奔他家的洗手间。

脚刚刚站上凳子，我便后悔了。

我忘记了我天生对高度的恐惧，拿着灯管不安地睥睨着地板，眼前好像有无数个周汪南晃啊晃，实在是捉摸不清哪一个是真的他，最后连人带灯一起趴到了地上，摔了个狗吃屎。

周汪南赶紧把我扶起来，大概是生怕我因此一哭二闹三上吊，赖着要他负责，所以格外紧张。

"有没有扎到你？伤哪儿了？"

这种感觉就像是回到了大学时代，他握着我做手工划破的手，满眼不悦，嘴上不饶人。

他说："你真是笨得可以。"

我瞪着眼睛，满是兴奋地听着他骂我。

现在回想起来，那时候真是有病，居然喜欢被人骂来骂去。

"你摔傻了？"

这时，周汪南的声音突然响起。我顿时拉回神思，硬撑着站起来，推开他放在我胳膊上的手。

周汪南突然勾起笑意，露出的小虎牙还像当年一样迷人。我抑制住想把它们拔下来的冲动，低下头看了看满地的碎片，问道："你笑什么？"

"嘴角痉挛。"

这话我没法接，换了个话题问他："你怎么搬来这里了？"

"离拍摄地点近。"

拖着疲惫的身子回到家里，刚刚进门，孟清清和狗子阿南便扑了上来。

换上拖鞋，我仿佛用尽了自己身上所有的力气，一下子倒在了沙发上，摸着阿南的狗毛不肯松手。

孟清清搡了搡我，诧异地道：“什么事情让苏大小姐愁成这样？”

孟清清是我大学时的好友兼室友，我什么样儿，她最了解。

要知道，这个世界上还真没有几件事能够让我垂头丧气的。

趴在沙发上的我连抬抬手指头的兴致都没有，偏偏孟清清嘎嘣嘎嘣地嚼着饼干。我实在是忍不住，戳了戳她，努力挤出一个可怜巴巴的眼神，自我感觉像极了被抢食的狗子阿南。

孟清清看了我一眼，直接塞过来一块饼干，本以为是我的模样太楚楚可怜，谁知道她说：“你被人潜规则了？”

我没理她，直接说重点：“周汪南搬到咱们家楼下了，我回来的时候顺便帮他安了灯管，打碎了。”

她惊讶：“他让你赔钱？那就有来有往，抓住机会啊！”

“没有。”

孟清清宛如过来人，语重心长：“唉，听姐一句劝。要我说，你和周汪南能够重逢，就是上天给的缘分，抓紧时间制造机会，这种优质男很抢手的，都是爆款。”她托了托自己的胸，略有所指，“说不定哪天就会再带回家另一个爆款。”

我低头看了看胸前的“冷款”，一想到要有别的女人给他安灯管，我的心情就格外惆怅。像我这种小强摔几下子没什么，万一周汪南祸害了别人可是要赔钱的。

我瞬间觉得自己整个人又拧巴了，从沙发上爬起来，看了看伸着舌头的阿南，直接夺过孟清清手里的饼干。

她刚想发飙，便被我一句话堵了回去："这是我刚刚在超市买回来的狗粮。"

2

是夜，我抚摸着阿南的狗毛，坐在床上思考了很久。

孟清清虽然有时候十分不靠谱，但是不得不承认，她这一次说的话好像有点道理。

可能是我电视剧看多了，那些狗血的情节在我脑子里不断地闪现。想着之后他若找别人安装东西，然后像我一样摔下来，毁容或者断了胳膊腿，周汪南赔得倾家荡产不说，还要养她一辈子。

想想就挺难过的。当然不是为周汪南，而是那美丽的爆款。

阿南趴在我的腿上，享受着来自美少女的抚摸，舒服地眯着眼。

真羡慕它。

在我唉声叹气自己不如狗的生活后，顺手抱过笔记本电脑，驾轻就熟地登上了名为"玖月姑娘"的论坛 ID。

当初想了很久才想出来这名字，按照孟清清的话来说，别人是绞尽脑汁，而我，是烧干了脑子里的水，才创造出城市与乡村相结合的文艺复古风。

这是一个流浪狗保护协会的论坛，每年都会有新的爱狗成员加入。我这老妖精已经加入三年，算是协会的骨干级别。

看着一批批狗狗的成长，我居然有一种时光荏苒的岁月感。

我往下看，却被一篇题目为“和狗的故事——你为什么保护狗狗”而吸引。

我快速地评论了一句话：同是天涯沦落物。

当年的我，是一个幻想着自己能够变成仙女的小姑娘。

我经常披着床单或者顶着蚊帐，将家中养的牡丹花折下来戴到头上，脸上胡乱抹了老妈的化妆品，然后无药可救地以为自己飞升上天。

直到有一天，我把苏先生（我爸是一名老师，古代时老师称先生，地位不高，象征着我爸在我家的阶级）重金买回来的细叶君子兰全部摘下来当头饰了，连根毛都没有完整地留下。苏先生大怒，不由分说把我的披风给拔了。我贼心不死，举着花瓣冲他大喊：“尔等凡夫俗子，当真不沾点仙气吗？”

结果，我被苏先生赶出家门。

正巧那天下了大雨，我一个人窝在楼梯角落里，拿着仅有的一块钱买了一个肉饼，正准备吃，旁边一只脏兮兮的小狗冲我叫了叫，哼唧几声。

我看它像是饿了，一想到仙女都是要慈悲为怀的，便将整块饼给了它，搂着它睡着了。

再次醒来的时候，我躺在家里的床上，苏先生被我妈数落着："这可是你亲女儿，你亲女儿还没有一盆破花重要？还好玖月没什么事，不然我跟你没完……"

后来据说，那只狗是四单元五楼501室的姐姐丢的，为此她还拿着东西来感谢我。

从那以后，每当我看到脏兮兮的狗子，就有种惺惺相惜的感觉。

而这只哈士奇阿南的来历，更加玄幻。

它是我在狗贩子手里见义勇为救下来的，后来找不到它的家，我便将它留下，心想着改日有人登门再送回。

于是，在孟清清"养狗很麻烦"的据理力争失败后，她鄙夷地听着我一口一个阿南叫着。

一边回忆着不堪的往事，一边自圆其说是为了报复周汪南。

不过，说起我和周汪南的孽缘，那真是一场无知少女倒追男神的狗血大戏。

大学时候，我学的是摄影专业。

老师说，摄影就是一种单独的媒介，和其他媒介之间的界限越来越模糊，即媒介之间的借鉴与融合，从某种意义来讲，是一种特别的艺术。

我一听这高大上的说辞，眼泪扑簌簌地掉了下来。

旁边的胖同学吓了一跳，急忙把她咬了一半的面包塞给我："别……别哭啊，我给你吃，全都给你吃。"

我流着眼泪一边道谢一边接过来。

其实，我当初报的是金融专业，只是后来这个专业人太多，便把我推到摄影专业来了。那时候我还哭天抢地，悲怆着和自己的梦想失之交臂，现在听老师说完这番话，感觉真的是小人之心。

所以，这话讲完之后，老师便让我们去寻找艺术，然后星期一交上去。

这种难题对于我来说，真是难上加难。

我一个人在宿舍里，一边洗着衣服，一边苦苦地思考。

这时候，周汪南出现了，就像是偶像剧的情节一般，穿着白色的T恤，干净利落，脸上却没有什么表情，出现在了女生宿舍的楼下。

旁边的小女生长着小巧的瓜子脸，长长的头发垂下来，似乎还有些娇羞，像极了白居易《筝》中写的：双眸剪秋水，十指剥春葱。

旁边所有的事物好像都虚化了，满地梧桐叶仿佛精灵舞者一般，恰逢其时地被秋风卷起，卷得我的心痒痒。女生低着头拿出一封粉红色的信件递过去。

我一愣——情书！

还有什么事情比表白更美好的？

满盆的湿衣服被扔在窗台上，我撒丫子就去拿相机，左看看右瞧瞧，但总是找不好角度。

倔强的我当然不会放过这么好的机会，直接爬上了窗台，调好焦距，“咔嚓咔嚓”之余，我却听到了一声不合时宜的——“咣！”

闷响过后，我望着掉到地上的水盆，和被我的衣服散落一身的周汪南，惊讶得闭不上嘴巴。

尤其是，他宽大的肩膀准确无误地托起了我 32A 粉红色 Hello kitty 内衣。

画风突变，我一时间来不及缩脖子，就这么和周汪南漂亮的眼睛对视上，以及旁边被甩了一脸水的瓜子脸。

旁边看热闹的人纷纷驻足，尴尬间，我大脑反射弧错乱，号了一句：“别……我会对你负责的……”

紧接着，我啪嗒啪嗒地踩着拖鞋下了楼。

到了楼下，那件内衣已经被扔在了地上，周汪南满脸黑线，十分厌恶地望着我，仿佛我做了什么了不得的坏事。

不就是衣服掉下来了吗？有什么大不了的？抱着这种想法，我强装镇定，把衣服捡起来放在盆里。

我对周汪南说："大哥，你放心，这是我洗过的衣服，我没有传染病，也很讲卫生。"

周汪南脸色难看得就像是中了毒。

我吓了一跳，赶紧从旁观者那里借过一支笔，然后把我的电话号码写在了他的手上。

"你要是觉得哪里不舒服，就给我打电话。如果被砸傻了也别担心，来找我，我再给你砸回来。"

估计周汪南被我的热情吓到，抽了抽嘴角，冷着脸直接走了。

我，苏玖月，虽然没有什么英雄般的豪情壮志，但是起码的责任心还是具备的。

然后，在星期一的作业上，某男生拿出的作品就是，我凌乱着头发，硬掰着周汪南的手写电话号码。

我有时候觉得，缘分这种东西脸皮很厚，经常不请自来，也不管别人是否能够准备好。

"丁零零——"

“啪！”我顺手起来关了闹钟，抬头一看，已经是第二天早上七点。

阿南正摇着尾巴守在我的床前。

3

一个星期七天，我的闹钟没有一天不在工作。

孟清清总是夸我，星期六、星期天也早起跑步，真是够勤快的。

我抿着嘴笑笑。

阿南也不知道中了什么邪，每到睡懒觉的周末，它总是扯着我的被子把我掀起来。迫不得已，我只好装作孟清清口中小蜜蜂的样子。

一身红色运动装的我路过周汪南家门口的时候，还特意多看了几眼。不知道这男人搬到我家楼下到底有何企图，我下意识地摸了摸脸，该不会是有预谋的劫色吧？

很快，我便从阿南蓝色的眼睛中否定了这种荒唐的想法。

这些年来，我的32A真是一点都没变，孟清清有时候会仔细地看我，然后木讷地说一句：“我倒是有点理解周汪南了。”

我干笑几声：“呵……呵呵……理解万岁理解万岁。”

而宠物店的小帅哥陈铭睿就不一样，他总是笑着对我说：“美女，欢迎光临。”

孟清清说那只是客套话，为了套你花钱的！我才不听她的，就算是连环套，冲着他这两个字的实话我也钻了。

这个世界该给这样实诚的年轻人一些机会。

不过话说回来，确实到了该给阿南打疫苗的时候。

跑步回去的路上，我碰到了戴着口罩的周汪南。

至于为什么戴口罩，我理解的是，他害怕吸进太多雾霾舌头中毒太深。

他天生毒舌，现在能有这样的觉悟还不算晚。

周汪南身上和我同款不同色的运动装让我脸红了一下，望着口罩下立体柔和的脸，眼睛微微弯起弧度，应该是笑了。我觉得我的心脏怦怦怦的，仿佛要从嗓子里跳出来。

“早。”他先开口。

我结巴了一下：“早……早啊。”

他说：“没想到这么久了，你早上还是会出来跑步。”

阿南在我们两个中间欢快地蹦来跳去，实在是碍事，被我用一个“想吃饭就给你妈我老实点”的眼神直接杀到了身后。

我说：“本来是不想跑的，后来觉得没必要为了什么不值得的事情而改变，就出来了。”

他淡漠地瞥了我一眼，应了一声“怪不得还是那么胖”，就跑着离开了。

我瞠目结舌。

没认识周汪南以前，我是一个不会跑步的人。

他刚刚话的意思，好像是对我影响多大似的。

我不想欠他人情。

阿南没出息地想要跟上去，被我连哄带骗地提溜回了家。

女生宿舍那场闹剧之后，我再次见到周汪南是在金融系的主题公开课上。周汪南作为代表，在讲台上，阳光折射在他利落的短发上，少年的脸像春风一般入心。他的话说完，对着台下微微一笑，鞠躬下场。

我就是在那一刻觉得，他就是我的神。

现在回想起来，我那时候还挺不容易的，每天蛰伏在周汪南出没的地方，就是为了装个偶遇。狗仔队都没我这么敬业。

比如说，他演讲完我风风火火地拦住他，在众多小姑娘的春心前，自豪道："周同学，你还记得我吗？我就是在你手心写电话号码的那个。啊……不记得了啊……那你记不记得，我就是上次把衣服扣你身上的那个？"

周汪南摇头。

我又大言不惭地道："就是把内衣挂你身上，还要对你负责的那个！”

他似是深吸一口气，问我：“有事吗？”

我看着他：“恭喜你，你的海马体没有被我砸死，真是太好了，太好了……”

他没理我，直接走了。

回过神来，我恨不得给自己一巴掌。

其实，那时候我想说“你还记得我，太好了”。

还比如说，我摸清了他的路线，总是早早起床去操场上跑步等他，不管风吹雨打。

每一次我都累得气喘吁吁，周汪南却以此为例，总是一脸不屑地嘲笑我：“这么短的腿，是来演小品的吗？”

他说我要是回去睡觉，还能偷偷地长个儿，而现在，却是光明正大地丢人。

我不管，我每天依旧来“偶遇”，慢慢地，我觉得追他没那么费劲了。

每当我回想起这一段，总是自觉地脑补出一个画面。

红白绿勾勒出的操场洋溢着青春的气息，一大早地面上沾着夜的湿气，太阳刚刚升起，慵懒的金色笼罩在我和周汪南的身上，一个高，一个矮。像甜甜草莓奶昔的跑道上，女孩儿累得半死，大喊“你等等我”，男孩儿俊秀的脸露出不屑一顾的表情，却还是慢慢地停下了脚步。两个人就这么一起跑了差不多三年。

吃完早饭后，我便带着阿南到宠物店打针去了。

陈铭睿一看见我，还是一副温暖的笑容，他说：“美女来了。”

我不能把得意表现得太明显，就简单地点点头，算是对“美女”二字的回应和赞许。

他问：“今天需要做什么？”

我再次捋着阿南背上的毛，尽力让它听到“打针”二字能够坦然面对。

我说：“给它打疫苗。”

果然不出我所料，阿南听见之后瑟缩了一下，可怜兮兮地叫了一声：“呜……”

我摸了摸它的狗头，眼神犹如温柔刀：“乖，你要做勇敢的狗子，不然回家就让你清清妈把你炖了……”

陈铭睿“扑哧”一声笑出来。

这种玩笑开得多了也就见怪不怪，还记得我第一次说要宰了阿南的时候，陈铭睿那凶悍的眼神似乎要把我宰了。

做这行的哪有不喜欢动物的。

打针的时候，阿南躺在床上还冲我挠了几下爪子，像是害怕，眼神中流露出的哀伤看着叫人心疼。

心中某处柔软的地方仿佛被刺中了一般，我赶紧握住它的爪子。

终于，在我的温柔以待下，它顺利地打完了疫苗。转过身来我才发现，屋子里不知道什么时候多了一个人，正是换上休闲装后充满慵懒味道的周汪南。

怎么阴魂不散啊？

他无论走到哪里，一米八九的完美身材和帅气的脸永远是全场瞩目的焦点。只是这次不一样，屋子里面算上他有三个人一只狗，陈铭睿是男的，异性相斥。而我，身为他的前追求者，失败后已经遍体鳞伤，再加上年龄大了，心脏都活跃不起来。

他淡淡地瞥了我一眼，想必还在对早上我说的话耿耿于怀。

陈铭睿问他："周先生，需要点什么？"

我惊讶，想也没想脱口而出："你怎么知道他姓周的？"

陈铭睿有点尴尬，愣了一下，嘴角噙笑道："周汪南……模特，不都认识吗？"

我点了点头，整个人不自然地靠在前台上，眼睛似有若无地瞟向他："哦哦哦……"

周汪南没理我，看了看腕上的手表，像是有什么急事。

“牛奶味狗饼干。”

阿南一听，馋得跑到他面前摇尾巴。

这个没出息的家伙！

我恨铁不成钢。

这时候，“嘭”的一声闷响，我便感受到了浓厚的热气。回头一看，前台上的热水壶被我碰倒了，摔了一地，碎片正零散着躺在地上，热水散开了一片，还有一些洒在了我的手臂上。

我收回目光时，顺势瞥了一眼阿南，它没事就好。

陈铭睿慌张，刚想碰我的胳膊，哪知道另一只大掌先他一步，死死地扼住我的手腕。

还没有等我反应过来，周汪南冷着脸撸起我的袖子，刚想拽我起来，陈铭睿却拿来了烫伤膏。

“涂点吧？”

我刚想开口，却听周汪南说：“不用了。”

“为什么？”陈铭睿问。

“烫伤第一时间不能上药。”

“谁说的？”

“我。”

“我才是医生！”

“难道她是狗吗？”

越听越不对，我“哎呀”一声，这算是阻止他们俩就我的品种争论下去。

周汪南没说话，直接拎着我到了水龙头下，有力的手指轻轻一旋，冷水倾泻如注，瞬间的凉让我回缩一下。

他感受到了我的反应，眼睛直勾勾地盯着受伤的部位，长长的睫毛垂落出阴影，说：“忍一下。”

第二章
chapter two

春风吹又生

1

年纪大了，人身上的毛病就多了，就好比现在我看着周汪南的侧脸，心脏扑通扑通的。我自己初步判断可能是心律不齐，一定要找时间去一趟医院。

这时候陈铭睿递过药膏，看着我通红的“猪蹄”，对周汪南说：“上药还是我来吧，我比你有经验。”

周汪南没犹豫，直接把我丢给了身着白大褂的兽医。

“周先生，麻烦帮忙取一下干毛巾。”

“在哪儿？”

“周先生，把棉签递过来好吗？”

“好。”

“周先生，您挡着光了，躲远点儿。”

“哦。”

我看着两个人的沟通，使劲憋住不笑。

如果陈铭睿是白大褂医师，那么周汪南就是刚刚毕业实习忙前忙后的小护士。没想到一米八九的他也有这般时候，只是他健硕的体格和“小”这个字格格不入。

原谅我的思想被某种小说蛊毒已深，情不自禁地在头脑中编织了一场关于他俩相爱相杀的大戏。

“哎呀！”

正当我出神的时候，陈铭睿的手没轻没重，不小心摁住了伤口，疼得我呼出声来。

他急忙道歉，我也只好撑住说没关系。

好不容易结束，我刚想放下衣袖，又听周汪南说：“不能碰衣服，不能包扎，还有，让你的垃圾食品休息几天，尤其是辣的。”

他似意识到什么，垂了垂眼眸，又说：“我是怕你不能给我拍照，耽误我的时间。”

原来如此。

我欲哭无泪，在他转身之际扯住了他的衣角，可怜巴巴道："真的不能吃零食吗？"

阿南摇着尾巴跑过来。

他瞥了一眼狗子，面无表情。

"少吃。"

我大喜，好像是得到了特赦，心情瞬间美丽，只听他又补充着："怕你忍不住抢狗粮。"

他这双眼睛，真的看透太多。

"咳咳——"陈铭睿显然遭到了无视，提醒着他的存在。

一想到自己打破了人家的热水壶，我态度立马一百八十度大转弯。

毕竟没人和钱过不去。

我尽力让自己看起来温柔美丽，浅笑着说："陈兽医，真是不好意思，没想到给狗打个针还给你添麻烦了。"

他可能被我的温柔所打动，也浅笑："说什么呢，你没事就好。"

"你放心，给你造成的损失我会赔偿。"

陈铭睿急忙摇头。

"打碎了一个热水壶而已，不碍事的，我还怕吓到了阿南，以后都不敢带它来我这儿了呢。”

我看向周汪南，听到“阿南”两个字时，他的嘴角明显抽了抽。这时候，陈铭睿一副恍然大悟的样子，惊讶地说：“好巧，周先生和狗一个名字。”

周汪南的脸色更不好，没说话，抬起手看了看表上的时间，丢下一句“我还有事，先走了”，接着就出了门。

“周先生不会生气了吧？”

“你放心，他不会。”

在我表示一万分的歉意，并且还自诩下次赔给他一个热水壶后，便离开了。

回到家里，孟清清看到我通红的“猪蹄”时惊讶出声。

“阿南，你把你妈给炖了？”

我顺势一个抱枕丢过去：“说什么呢。”

话音刚落，望着受伤的手臂，我脑子里突然出现了周汪南给我处理伤处的认真模样。

等我想完回过神的时候，孟清清正一脸不可思议地望着我。

我下意识地摸了摸脸，问她：“怎么了？我脸上有东西？”

她点头：“有。”

我赶紧凑过去：“快点，有什么东西帮我拿下来。”

她摇头，说："这种东西叫作'大妈的娇羞'，我可拿不下来。"

一听这话，我的脸更热了，结结巴巴地掩饰自己："有……有吗？"

孟清清没有直接回答我的话，摸着阿南的狗毛，仿佛自言自语："阿南，看来你妈快给你找个爸爸了。"

周一开工摄影的时候，我的胳膊虽然比之前好了一点，却还是轻微的红肿。

一想到王摄影那张鬼故事般的脸，我就放弃了请假在家偷懒的想法，把袖子放下来，兢兢业业地工作去了。

只是我太高估了老天爷对我的垂青，明明周末时阴雨天气不断，到了今天，呵，真是晴空一鹤排云上，就差一排鹤了。

王摄影是我的摄影监督，就是说，老板让我拍照，他可以在一边指手画脚。

我想他一定是很久没有找到一只像我这样的小绵羊了，总是挑我的毛病。

对于摄影这方面，我固然不了解市场流行的风格，但是对美的掌握我还是比较有自信的，旁边人不停地干涉只会让我心烦意乱，抓不住重点。

可能是我高大上的审美和王星光背道而驰，他看到我的底片总是说：“你拍的是给三岁小孩子看的吗？”

我就不明白，王大摄影到底想要多成熟的？难道是孟清清说的爆款？

最后，他实在是太招人烦，我直接说：“天气这么热，您老就直接找地方休息去吧，我再拍不好，我就直接把相机摔了。”

王星光一脸讶异地问我：“你确定？”

“放心，她把相机吞了都没问题。”周汪南幽幽地说。

破碎的记忆像洪水猛兽，提醒着我当年的幼稚。

大二刚刚开学，正值春天，一上来老师就让我们去踏青，寻找艺术，拍出来的照片还要评选，最受欢迎的作品会得到一本大师的摄影集，而且在校报上刊登。

那时，周汪南可是金融系的尖子生，他写的文章经常在校报上发表，无知的我为了追逐他的脚步，很努力地拍摄，但还是选不中。

所以，这一次就是给我这小透明的机会啊，我必须抓住。

在经过了两天辛辛苦苦的踏青拍摄后，第三天早上跑步时，我没话找话，得意扬扬地对周汪南说：“你知道吗？我这一次拍摄的作品结合了抽象思维和立体思维，一定会受欢迎的，到时候就在校报上刊登，在你的文章旁边。”

他可能对我特立独行的审美难以理解，思考了一下，说：“那还能看吗？”

“当然能！”

“要是登不上怎么办？”

那时候年轻气盛，我壮志雄心地拍拍胸脯：“我对我自己有信心。”

他说：“万一呢？”

我说：“要是登不上我就……我就……”低头看了一眼脖子上的相机，脑子一抽，加重了语气，“我就给你表演活吞相机。”

他仿佛是笑了，加快了脚步。

“好，我等着。”

后来的事情不用多说，在人才辈出的摄影专业，我这作品根本就不算什么。

我正纠结着要不要吞相机，吞了进医院不说，还要找老妈要一台新的，不吞的话，岂不是在他面前信口开河？我知书达理的淑女形象是不是都没了？

最后，周汪南没提，我也就自觉地没说。

没想到这么多年了，他还记得活吞相机这件事。

提起往事，我恨不得钻到地缝里去，相机对我叫嚣着“来吞我啊来吞我啊”那一幕仿佛还在昨天。

我用力扯出一个微笑，当着王星光的面解释道："当年我愚昧无知。"

周汪南略带琢磨地看了看我，换下一场需要的衣服去了。

王摄影意味深长地说："那行，你好好拍，我就把这个任务全权托付给你了，我只看结果。"

我点点头。

等到周汪南从更衣室出来的时候，我觉得我真该去一趟医院了。

2

视觉上带来的冲击让我险些真摔了相机。

我只知道模特的身材都不错，没想到半裸的周汪南就是传说中的"穿衣显瘦，脱衣有肉"。

我看着他小麦色的皮肤、线条流畅的肌肉，以及如同沟壑的马甲线、马甲线外的腹肌，用力吞了吞口水。

这简直诱人犯罪。

直勾勾盯着别人好像有点不礼貌，我一边念着《道德经》，一边尴尬地挪开眼睛。

这一挪不要紧，旁边的女策划几人和我一样看直了眼，就连搞清洁的中年大婶也驻足称赞。

偷偷瞄了周汪南依旧淡然的脸，我不禁咋舌，岁月这把杀猪刀，似乎青睐于他，杀得他更加有魅力了。

时间不早了，为了方便一会儿的拍摄，我赶紧到他身边找找感觉。

这时候，周汪南叫我："苏玖月。"

"啊……怎么了？"

"收一下口水。"

我下意识地抹了抹嘴角，结果连滴水都没有。

他又骗我！

回头瞪向周汪南的时候，他眼里却蕴藏着笑意。我感觉心脏好像又漏跳了一拍，真的要去医院串串门了。

策划人小李这时候拿着方案跑过来，向我介绍起这一组图片的脚本。

她说："今天拍摄的内容是洗澡，要从多个方面、多个角度来叙述，你看啊，比如说，他淋水的时候，撩头发那一段……"

原来是洗澡，我说周汪南怎么突然发神经把衣服给脱了。

拍摄正式开始，哗哗的水声透过浴室传来，在这炎热的天气里，我眼巴巴地望着周汪南获得恩赐的凉爽，那叫一个心理不平衡。

我正感慨着老天爷为什么如此不公，这边策划人催促着："玖月，快点啊。”

“哦哦哦。”我手忙脚乱地去摸相机。

不得不说，周汪南真是天生的模特，不管是镜头感还是艺术感，都比其他模特敏感很多。

就好比现在，不用他多余地摆 Pose，刚拿起相机，我直接“咔嚓咔嚓”几声，已经记录下了他帅气的一面。

但是拍摄时绝对不能原地踏步，我四处走动，希望能够寻找到更好的灵感和角度。

这时候，浴室里水声戛然而止，他湿漉漉地走出来。门一开，我似乎想到了什么，立马叫他停下：“别动！停下！”

他扶着门框，动作一滞。

“对，就这样……来稍微低下头……对对对……眼睛往上看……是，就是这样，来，”闪光灯过后，我满意地看着存留下的影像，赞叹道，“完美！”

周汪南的淡然和工作人员的讶异相比，简直是天壤之别，可能是因为工作的原因，对于我的一惊一乍，他并没有过分的鄙夷。

直到他走到了我的面前，我才恍然大悟，问：“你怎么突然出来了？”

他眉毛上挑，像看傻子一样看着我：“你泡这么久试试？”

我一算，距离他进去也有一段时间了。被戳破蠢的滋味可真不好，但坚强的我还是点点头："是啊，是该休息一下了。"

他没理我，旁边的助理急匆匆地递给他毛巾，擦拭掉身上的水珠。

我盯着他看了好一会儿，离得近的原因，目光扫过他身上的每一寸肌肤都觉得紧张不已。

这几天天气热，我在过于冷或者过于热的时候都会鼻流清涕，当我感觉到鼻孔有东西排出的时候，便急匆匆地去拿纸。

谁知道策划人看了我一眼，惊讶地说："哎呀，玖月，你流鼻血了。"

"啊？"我拿起纸往鼻子上蹭了蹭。白色的纸瞬间染成了红色，在液体的作用下变得绵软，我吓了一跳，脑子里闪过各种流鼻血的可能，什么脑出血、高血压、白血病统统跳了出来。

我差点掉眼泪，仿佛已经看到了明天被人告知料理后事。抹了一把鲜血后，又赶紧抽出另一张纸来堵上。

策划人不忘调侃我，她目光略有所指，偏偏提起了我最不愿思考的流血可能性——

"玖月，你不会是看帅哥看的吧？"

我直接否定。

苍天在上，平时我可没少看帅哥，但是也从没碰到过这种情况。

这时候旁边注意到我的人越来越多，依次凑了过来。平时没见过什么大场面的我更加不安，只好宽慰自己，流个鼻血应该不是什么大事吧……怎么搞的，大家像是过来看猴一样？

其实，就算是看猩猩也不重要，我只是想知道，周汪南怎么想。

趁着没人注意，我稍稍瞥了一眼，他还是很平静，就好像别人告诉我不重要的东西掉了一样，我会淡然地说“哦，没事”，根本激不起别的反应。

本以为上一次烫伤是他念及旧情，看来又是我自作多情，我不禁在心里狠狠给了自己一巴掌——这么多年了，记吃不记打的臭毛病还是改不掉。

这时候，周汪南看了看放在门口的温度计，说：“天气太热了，为了避免下一个人身体出问题，今天就到此为止吧。”

我不屑。

你才身体出问题！

一听他说休息，人们陆续散去。

周汪南去更衣室穿好衣服，宛如衣冠禽兽般再次走出来。我刚止住了血，鼻子上插着白色的卫生纸，有点滑稽，想掉头离开，却被他叫住。

“苏玖月，去医院看看。”

我一愣，继而笑了。

鼻子上的纸塞被我厚颜无耻的笑容喷了出去，吓得我不轻，万一大出血咋整，我赶紧再堵上。

趁着猥琐的笑容还没散去，我问他：“你关心我啊？”

他摇头：“是愧疚。”

周汪南是一个很不会表达感受的人，说话就是这样子，简单的几个字，剩下的内容还要别人去猜。

他总是喜欢这样说话，我也不能太过于干涉，但是经常让人理解错了，这点可得好好说一说。

比如说某次，我吃坏了东西，课上了一半溜出去上厕所。手里攥着各方面搜罗来的卫生纸，正好迎面碰见了来这边取资料的周汪南，与他撞了个满怀。

周汪南不悦地问我干什么去。

我说上厕所啊。

他没说话，低头看了一眼，来了一句：“我也需要。”

我以为，他在这边的教学楼不认路，需要上厕所，还对他的豪放瞠目结舌了好半天，才说：“需……需要就一起走啊……”

周汪南纳闷：“去哪儿？”

“去厕所啊，你不是说需要吗？”

他瞪了我一眼，指了指手中的画框。

“刚刚拿的时候不小心摸脏了，看你纸多想用一下，看来不用了。”

说完，他走了。

在我深深懊悔自己龌龊的思想之后，才反应过来，敢情他低头看那一眼是在使眼色。

啧，这谁看得懂啊！

我叹了口气，在心里默念了一下“愧疚”这两个字。实在是想不通什么意思，我便纳罕着问：“愧疚什么？怎么了？”

他淡然地说：“你是因为我才流鼻血的。”

我呸！

这哪是不会表达？这分明是故意的！

本以为，刚刚他没有听见这边的对话，我还真是低估了那群中年女人的低音炮，本人是不是该考虑抱个拳作个揖鞠个躬问声大炮们好？

见我愣了半天没说话，周汪南突然就露出了俩小虎牙，笑着说：“骗你的。我是怕你没办法工作，向王星光摔相机。关键是，我会被你浪费时间。”

这话好有道理，我居然无力反驳。

我呆呆地望着他的虎牙，不知何时被他拉上了车。

估计是刚刚流血过多，直到他关上车门，我的神经系统才供足了血。

“好……好啊，去医院。”

3

周汪南一边开车一边嗤笑。

他总是这样，嘴角痉挛得莫名其妙，一会儿到了医院，真得去神经科好好看看。

话虽如此，但我这小好奇心从来都没有停止过，问他：“你笑什么？”

我以为他会回答一句与“嘴角痉挛”相似的话，却没有想到，他的回答一次比一次惊人。

他说：“牙疼。”

“那一会儿去医院你也好好地检查检查。从小我妈就告诉我，牙疼不是病，疼起来真要命。你的感受我能理解，因为我小时候牙疼过，整天哭个不停，老师都怀疑我是水做的。”

周汪南接了一句：“后来发现你是水银做的。”

我本以为他会说水泥，这水银又是什么新潮的说法？

“此话怎讲？”

“有毒。”

他的回答简短而又粗暴，让我对此人的想象力敬佩得五体投地。

我心里一直有一个谜团解不开，而我这人你也看出来了，根本藏不住心事。所以好不容易逮到了孤男寡女的机会，我必须得问一问。

趁着他心情还算愉悦，我直截了当：“周先生，鉴于你近期的表现，会让我有种你喜欢我的错觉。”

他听着我直白的话，依旧面无表情。这时正值车辆转弯，他手臂快速打着方向盘，看向反光镜。

算了，我觉得这种冷笑话他是不会理我的。

这人就这样，做事莫名其妙又不是一天两天了，我尽力安慰着自己。

天知道这番话让我在心里默念了多少遍梁静茹：我们都需要勇气……

拐了弯后，再走差不多500米就是医院大门。我看着他熟稔地倒车、入库、停车，心中扑腾扑腾的。

下车之前，周汪南“啪嗒”一声按开了车里的抽屉，从里面取出来一只黑色的口罩，别在耳朵后，一双眼睛毫无波澜。

他说："走吧。"

我怀疑他是不是做了什么见不得人的事情，或者在我听医生语重心长讲病因的时候，偷偷跑去检查什么难以见人的病症。

半路，我问他为什么要戴口罩。

周汪南的回答用了一个反问句，差点让我举起手，用力把那些肮脏的思想从脑子里拍出来。

他说："难道你有喜欢被人围观的特殊嗜好？"

没有！当然没有！

差点忘了，他是知名模特。

我一边走一边回想。按理说，作为一名摄影师，能够给知名模特拍照都是求之不得的事情，业内人士纷纷为此烧高香般祈祷，只要有一组入得了世人的法眼，那么这位摄影师顿时变得值钱。

此番高人的觉悟，像我一样只知道努力的小清新是没有的。

这些话，还是刚刚接手周汪南的拍摄时，出自推我进火坑的主编老郭之口。

说实话，我真的打心眼里佩服老郭。

因为，就算是一个臭屁，在他的精美包装之下，也会在我们面前呈现出迪奥香水般的华贵与高雅。

在他的世界观里，只要是肯大胆创造和吹牛皮，就一定不会被过去的观念所束缚，拥有崭新的艺术人生。

对已四十岁依旧激情满满的老郭，我怕自己这盆冷泔水打击到他，便将到嘴边的“有种东西叫朽木”生生吞了回去。

而我，不是金雕，不是蛇雕，更不是射雕，就是字面上你们所理解的“不可雕”。

当初开会时，我望着大屏幕上的美男子正流哈喇子，幻想着夕阳西下，微风河畔，我与某帅哥……卿卿我我，搂搂抱抱，一见钟情，共度春宵……

老郭满是油光的脸突然出现在我的面前，顿时拉着我回到了现实。

他阴恻恻的笑容让我心里发毛，他说：“玖月啊，鉴于现在各职员都有安排的任务，那么给知名模特周汪南拍摄的事情就交给你了，一定要抓住机会，”他越说越带劲，满怀激昂，“抓住一炮而红的机遇！”

炮……我……我能不要吗？

就这样，我被送到了前男神的手下做苦力。

这时候，耳鼻喉科的男医生在听完我的心脏，看过我的鼻腔和咽喉后，露出了一种匪夷所思的表情。

我吓了一跳，不会真是因为看周汪南而流鼻血的吧？

我正准备把周汪南赶出去，男医生率先一步开口：“我就不明白了，你们这些年轻人怎么都这么不爱惜自己？”

闻言，我微微低下头，暗地里朝着医生挤眉弄眼。

我承认，是我思想道德败坏低下，是我无耻下流肮脏猥琐，也是我不够矜持枉为女人。求他不要在周汪南面前说出事情的真相。

医生看了我一眼，继续解答：“亏得这两天还下过雨，你体火太重，导致流鼻血。这段时间多喝水，吃点清淡的。”

我微微一愣，继而大喜，伸过胳膊去，握住医生的手：“真的吗？你说的是真的吗？”

医生低头看了看，又瞅了一眼周汪南，问我：“你的胳膊是不是被烫到过？”

“是。”我喃喃说，“快好了呢。”

看到胳膊，我突然想起了某人，顺带往后瞄了瞄。

医生问：“烫到后用冷水冲洗了吗？”

“冲了。”

“上药了吗？没包扎吧？”

“上了，没包。”

“那就好。处理得当，不严重。”医生说完，继而问起了我的私人问题。

“你们两个不是男女朋友吧？”

“不……不是……”

“他没什么传染病吧？”

我：“没有吧。”

我还以为，在与我短暂的接触中，他被我的美丽大方所吸引，然后来个现场要联系方式什么的。

正得意着，这位长得像吉娃娃的男医生不知道哪里来的勇气，低声说：“我告诉你哦，我家里有一个二十三岁的妻子，刚刚大学毕业，看起来像才十八岁。她怀孕三个月了。我很爱她，她也很爱我，刚刚你挤眉弄眼的，我看出来了，想让我犯错误是吧，不可能的……”

我一听话题不对，赶紧站起来打断他：“医生对不起，我还有事先走了。”

说完这话，我拉着周汪南，逃也似的离开了耳鼻喉科。

出来以后，周汪南忽然哈哈大笑。

我当然明白他笑的什么，脸尴尬地涨红，恨不得挖个地道钻进去。

检查完没有什么大碍，周汪南便送我回了家。

虽然我很不想承认，他和我家上下楼，与其说是送我，不如坦白说是他自己回家。

我宁愿沉浸在自己编织的白马王子梦境中，只是现实总是给像我这样的美人致命一击。

孟清清不在家，而我没有拿钥匙。

敲了几下门后，屋里只有阿南的哼唧声。身为病人，我一把鼻涕一把泪地给孟清清打去了电话，表示我很可怜，大热天被锁在了门外，关键是我饿，想去乞讨混口饭吃。

孟清清说：“你去吧，我会把我和男朋友吃剩的饭菜带给你。”

我很想恶毒地说，祝你和你男朋友早生贵子。

孟清清的男朋友比她小两岁，还在读大学，而且学校很严格，严禁出一些风流韵事，否则会被开除学籍的。

后来想想，好不容易有人捡到了她这根草，万一有一天再被我说中了，我该不该承认是我乌鸦嘴？

所以，我这人很识趣，让他俩好好玩。

想来想去，这么热的天没必要待在门口自虐，我便直接到了公寓楼下的咖啡厅思考人生。

1

街道上人来人往，我坐在咖啡厅靠窗的位置，点了一杯卡布奇诺。

马上就快要七夕节了，街道上商铺的装饰琳琅满目，全都是关于在地愿结连理枝的，就连咖啡厅也多是情侣出双入对，我忽然感受到了这个世界对单身狗深深的恶意。

我索性打开电脑，看着屏幕上的艺术照，心中突然爆发了对生活的忧郁。可能这就是艺术者的通病，总是在环境与观察中伤春悲秋。

于是，穿越到文艺路线的我，透过咖啡厅的窗子，拍下了车行人往的一幕，直接发到了爱狗人士的论坛上。

卡布奇诺续杯三次后，我意识到服务员逐渐失去温度的态度，实在担心她会往我的咖啡里放不明添加物，便急匆匆地收起未修好的图，喊她来结账。

她终于露出了笑容，递给我一张纸："您好，这是您今天下午的消费，共五十八元整。"

我同样也笑着点点头，拉开包包，在里面摸来摸去，一堆化妆品和杂物哗啦哗啦响，扒拉了半天，也没找到我的钱包。

别的都还好说，但是钱包里还有我童年时羊角辫的记忆。我有点着急，直接把包放在腿上，翻了个底朝天。

在倒出最后一支口红时，我绝望地看着面前笑里藏刀的服务员，弱弱地问了一句："可以用手机支付吗？"

在她表示可以之后，我心里小雀跃了一下。不过，我刷了半天发现没有绑定银行卡时，内心的崩溃可以用"想死"来形容。

服务员依旧十分礼貌地看着我，她说："小姐，需要我叫警察来吗？"

一听这话，我有点生气："我只是临时找不到钱包了，你不至于让人把我带走吧？"

服务员不可思议地望着我说："小姐，我不是这个意思，我还以为您丢了东西，需要找警察。”

……

对不起对不起，是我这小人之心度了君子之腹。

一不做二不休，我直接给周汪南打去了电话，让他拿钱来赎我。

至于为什么打给他，我要解释一下——孟清清在约会，打扰别人的美事实在是一个不好的行为。又因为这是在公寓门口，只有周汪南离得近……

在周汪南接通电话时，我尽力端正自己的态度，用甜到齁死人的声音和他说话。

“周先生，我被困在咖啡厅了，能不能来解救一下你可怜的摄影师呢？”

对方沉默半晌，我以为他受不了这样的我直接挂了电话。一看通话显示还在，我继续甜甜地问：“喂？”

他突然冷道：“好好说话。”

我怕他一生气真的对我置之不理，于是赶紧恢复正常：“我喝咖啡，没带钱，你能不能来……”

“等着我。”

他挂了电话之后，我看向表情抽搐的服务员，礼貌一笑。

几分钟后，当周汪南大热天的戴着口罩出现在我面前时，我想大骂神经病来着。但是我这人非常分得清是与非，一想到有求于人，立马变㞞。

周汪南付了钱，把我带回了家。那种感觉就像是犯了错误的孩子被家长领回去一样，我跟不上他的大长腿，一路小跑出了一身汗。

我忍不住好奇，问他："我都没说在哪个咖啡厅，你怎么就找来了？"

他茫然地看着我，眼神有点飘忽。

"你怎么没说，你不是说你就在楼下咖啡厅吗？"

我："有吗？"

"没有，你再回去吧。"

"不要。"

我噘了噘嘴，快步跟上他。

鉴于孟清清同志还没有回来，周先生怕我一个女孩子在外面被抢劫，尤其担忧身无分文的我会被劫色，所以就将我带回了他家。

当我自来熟地坐在客厅里吃零食，向他询问了这种说法时，他却鄙夷地望着我，说："我替歹徒考虑，怕某些人饥不择食。"

我一听火了，一米六的小个子冲到一米八九的他面前，怒吼："你吃东西之前不考察一下质量吗？"

他愣了一下，继而淡然一笑："我觉得你就不会。"

毕竟现在身处他家，我努力克制住破口大骂的冲动，不断暗示着自己，别和这种人过不去。

说起来，这已经不是我第一次来他家了，上一次不是安灯管来着嘛，然后我摔了下来。

我的记忆真是微妙。

他家的装修总体说起来就是三个字：高大上！

比起我和孟清清简陋的住所，他这里的欧式装修似乎干净上档次许多。

周汪南站在一旁睥睨着我，那眼神就像是凌迟一样，我有点害怕。

这孤男寡女共处一室，万一他居心叵测，我手无缚鸡之力，然后被他无情地践踏羞辱……

这时候周汪南说："孟清清回来了。"

我顿悟，赶紧从思绪里抽离，没想到自己的脑子已经龌龊到这种地步了。

可能是心虚，我直接拿着包包就往外走。到了门口才想起来什么，转过头冲他微微一笑："今天谢谢你了，欠你的钱我会还你的。"

说完，赶紧溜了。

见我回来，孟清清一脸兴奋地跑过来问我："你去哪儿了？"

我看她一眼，觉得身为一个散发着清香的单身狗，实在是没办法和这种充满恋爱酸臭味的女人交流。我扔下一句“去了周汪南家”，就回到了自己的房间，不管后面瞠目结舌的女人。

理所当然地，我今天晚上又失眠了。

原因是，周汪南那张脸不断地在我面前晃来晃去，还有他的每个动作、每个表情，就好像放电影一样，我觉得下一次我应该去查精神科。

而阿南更是打了鸡血一般，可能是我的单身狗清香让它有种同类的错觉，叼着我今天换下来的衣服到处乱跑。

算了，我今天实在没有精力去收拾它。

第二天一大早，刚到公司，隔壁小李便问我：“玖月，你昨天晚上是不是被人打了？”

我回答：“没有啊。”

小李笑着摇了摇头，我疑惑地拿出镜子来一看，嚯，这哪是被人打了，简直是国家一级保护动物啊！

一想到待会儿要去向某人道谢，我赶紧做简单的打理。

正当我修图的时候，公司人员一阵骚动，我这人从来都容易受外界的影响，所以直接看向她们激动的中心。

只见周汪南穿着贴身的黑色T恤，逆着光缓缓地向我走来，就像是偶像剧的男主角，排除众人，眼里只有女主角，然后到了我的身边，递给我一个……女士钱包？

他低头，俯下身子对我说："下次的羊角辫别扎得那么低。"

仿佛听见了"哗啦"一声，我用力编织的浪漫梦境彻底被打碎。我恶狠狠地瞪向离开的周汪南，心中满是愤恨和说不出的感觉。

这时候，小李一脸八卦地凑过来，冲我眨巴眨巴眼睛："喂，要我说，这周大帅哥对你有意思啊。你看他都不理我们，也就你说得上几句话，你和他是不是有什么事情瞒着我们啊？"

我仿佛听到了惊天地泣鬼神的笑话。考虑到周围还有人在工作，我忍住笑容，摇头："从一开始到现在，你觉得他对我的恶意还少吗？"

"我可不觉得是恶意。"小李贱兮兮地说，"什么一开始，你俩开始什么了？"

我放低声音："其实他是个gay，只有我知道这个秘密。"

她惊恐万状，扯着嘴角看向我："不会是真的吧？"

我终于憋不住哈哈大笑："你懂我。"

然后引来其他人杀猪的眼神。

2

很快，这一期的拍摄结束。

周末在家，我正感慨着从今天开始丢掉了一个名正言顺看帅哥的好机会，这时候老郭打电话来，说我交上去的底片很好，符合周汪南出版写真的风格和主题。

我大喜，身为一个专业摄影师，这对我来说是最好的赞赏，忍不住把这个好消息分享给孟清清。

然而孟清清正忙着和她的小男友煲电话粥，嘴角上还挂着恋爱中女人专有的娇羞，有说有笑。我打心眼里看不起她，硬生生把话憋了回去。

站在阳台上，我正感慨着这个世界上的英雄都是孤独的，还没来得及叹完气，阿南跑过来蹭了蹭我的腿。突如其来的碰触吓得我差点把剩下的半口气呛回去。

我尽力安抚住心脏，带着亲妈般的微笑摸了摸它的狗头，然后再次望着窗外，陷入沉思。

快七夕节了，那些以牟利为主的商家肯定不会放过这一次赚钱的机会，我刚把目光散出去，便看到了楼下的甜品店店员踩着凳子挂星星灯。

这让我想起了大二时的元旦晚会，由于各个系商量好了在一起搞，所以就给每个分支安排了任务。

我们摄影专业和隔壁的设计专业负责拍摄以及布置会场，而周汪南虽然身处金融系，却凭借自身超高的人气且出众的外貌被安排了节目，我瞬间有种自家孩子有出息的感动。

只是，当我了解到周汪南要在元旦晚会上和柳舒舒表演四手联弹钢琴时，这感动便变成了酸爽。

柳舒舒，金融系少有的美女，拥有天使般的面孔和魔鬼般的身材，一头棕色的大波浪卷发不知道迷倒了多少少男的心。

我害怕周汪南也是这少男中的一个，在图书馆抱着漫画书郁闷了一天，直到孟清清打电话叫我去帮忙挂星星灯。

到了那里，我看着被扔得满地都是的星星灯，只觉得亮得晃眼，他们俩四手联弹的样子似乎已经在我面前。所以，在同学们给钢琴挂灯的时候，我自告奋勇地赶走了所有人，假惺惺地说：“你们也都累了一天了，都赶紧回去休息吧，这里有我就可以了，你们尽管放心。”

于是，在她们夸赞我是个积极上进的好同学之后，便都放心地离开了。

现在回想起来，我那时候像极了电视剧里面黑心的女二，为了陷害女主，支开所有人，然后恶毒地在什么地方动手脚，最后女主不是出车祸，就是差点丢了贞洁什么的。

当然，我这点鼠胆干不出那么轰轰烈烈的事情，充其量就是在柳舒舒弹琴的位置多加了几条星星灯。

结果就是，在四手联弹的现场，被称赞为郎才女貌天生一对的两个人，却在表演时让人笑掉大牙，尤其是和音，连我一个外行也听得出来错漏的音节，简直就是拼凑起来的曲子，毫无默契可言。

台下的我忍不住哈哈大笑，引来旁边人看神经病一样的围观。

被期待为天籁之音摇身一变成了喜剧，柳舒舒心理素质比我想象中强大很多，倒是周汪南，第二天中午找到了我。

我还以为他经历了昨晚的打击，终于肯勇敢地面对内心。他却说："苏玖月，我严重批评一下你这一次幼稚的行为。我和柳舒舒没什么，就算有什么，即使你心中不愉快也不能在背后搞小动作。你这样只会让我看不起你。"

我咬着一次性筷子，愧疚地望着他。周汪南直接躲避掉我的目光。

我不得不承认，在教训人这方面，周汪南的确挺有天赋，这是他这么久以来，对我说的最长的一段话，最后总结出来就是：不许再这样了。

我承认自己蠢，心中难过万分，瞬间意识到，这要是在旧社会，应该会被游街示众的。他和柳舒舒真是对我太仁慈了。

仅仅这一次，周汪南便把我的思想灌输得很好。

从那以后，我感觉我的人生充满了正义感。

但是，这并不妨碍去猜想他和柳舒舒的关系，一个男生能够为了另一个女生教训别人，我的脑子里已经构成了暧昧的水滴，在他们还没有汇聚成爱河之前，我必须想办法将之扼杀在摇篮中。

一想起往事，我的心情就变得格外惆怅。

阿南“嗷呜嗷呜”叫了几声，又抬起前腿挠了挠我的脚，我觉得，它这是发出想溜达溜达的信号了，所以我收拾收拾准备出门。

孟清清打完了电话，靠在门上问我：“玖月，你刚刚想和我说什么来着？”

怎么把这位泡在蜜坛子中的大姐给忘了？

我躲在阿南身后，眼睛直勾勾地盯着孟清清，邪恶地说：“阿南，咬她！”

“苏玖月，你又发什么神经！”

扬了扬阿南的狗爪，我一边转身离去一边唉声叹气：“果然恋爱中的女人智商为零，人狗殊途啊……”

孟清清笑我：“单身狗还有理了？”

一想到之后和周汪南没有了瓜葛，我的心里就好像丢了一笔钱一样难过，所以在路过他家门口的时候，我犹豫了一下。为了证明他在我心里的地位，就直接用把他家门拍破的力气捶了捶门。

好半天，没把周汪南捶出来，反倒是对门的秃顶大叔不乐意了，他拿着牙刷说我："敲什么敲！没看见那里有门铃啊？"

我抬起头一看，头顶上果然有……

只是周汪南这门铃安装的，明显是按照他的身高标准来的……

我急忙道歉："对不起啊大叔，我没看见，打扰到你了。"

大叔撇了撇嘴，牙膏沫直往外喷："你这人怎么说话呢？我今年才二十七！叫哥哥！"他一边说，一边打量着我，"不过看你这个头跟未成年似的，叫叔叔也没错。好了，没事了，你走吧。"

说完，他把头缩回去关上了门。

我站在原地瞠目结舌，个子矮招谁惹谁了？

我低头感慨：这不还有阿南比我矮吗？

放下心中的烦躁，我直接到了公寓楼下遛狗，只是没有想到恰好碰上了陈铭睿。

"美女，好久不见啊。"他的笑容宛如四月的春风，温暖又治愈。

我坚定住自己不被色诱的意志，冲他点了点头："你今天怎么没在宠物店？"

陈铭睿四处张望，似乎有些紧张，说："有只博美幼犬跑出来了，我担心会被狗贩子带走，一直在找它。”

我一听，神经也开始紧张。

毕竟我曾亲手从狗贩子手里救下过阿南，当时若不是我，怕是现在阿南已经变成狗肉了。

陈铭睿又说：“苏小姐要是有时间的话，可不可以帮我找找？我听说最近狗贩子经常出没在附近，带着有毒的狗粮让狗狗吃。实在是有点担心。”

我点头答应，心想，如果你叫我美女的话，可能答应得更快。

无论如何，那是一条活生生的命，容不得心术不正的人来践踏。

周汪南曾传递给我的正义感再次倾泻开来。

3

功夫不负有心人。

在历经了半个多小时的苦苦寻觅后，终于，我在公寓后面的花池子里找到了那只幼犬。

失而复得，陈铭睿高兴地抱着狗，不断地向我道谢：“苏小姐，这次真的是多亏你了，我替小九谢谢你。要不，我请你吃饭？”

“小……小九？”我惊讶。

他忽然就笑了，解释着："是啊，当初起名字实在困难，正好苏小姐到我的店里来，看你们俩相处得颇为融洽，所以我就取名'小九'了。苏小姐，不碍事的吧？"

我勉强笑笑："呵呵……不碍事不碍事……吃饭就不用了，我还要带阿南出去转转。"

他微笑着："那好吧。下次有机会我一定请苏小姐。"

我低头看向阿南，它似乎也对这没劲的客套话感到无聊。

"那好，陈先生，就不打扰了。"

"嗯。"

我带着阿南在公寓楼下转悠了半天，实在是没什么意思，便回去了。

周一上班，王星光拿着已经做好的写真样本过来找我。众目睽睽之下，他用高昂的声音对我大加赞赏："哎呀，玖月啊，真是不错。郭主编对你赞不绝口呢。还以为你一直是不开花的歪脖子树，现在这居然都结果了！无花果啊，哈哈哈哈……"

王摄影，我允许您放肆一点夸我，但是您这比喻是不是有点不符合我端庄的气质？

考虑到他是我的顶头上司，我立马压制住破口大骂的冲动。

“您太过奖了，我只是做了我分内的事情。”

“好了，别谦虚了。”王星光拍了拍我的肩膀，“鉴于你这次表现不错，今天晚上，我请大家伙一起吃饭。”

旁边人一片欢呼，我停留在原地，用力扯着微笑，没法儿反应过来。

我的拍摄获得了褒奖，请全公司的人吃饭？王大哥您的脑回路当真是清奇。按照这逻辑走下去，估计用不了多久，我就可以去当圣母了。

我很清楚自己是一个上不了台面的人，所以每当遇到这种聚餐的场合就找各种借口推托。

只是，这一次的聚会却是因我而起，实在是搪塞不过去，我便硬着头皮到场。

众人围在一起谈笑风生，八卦着某个明星的风流韵事，或是嘲讽一下某家的女眷。他们说的时候，我只管听着，不知道为什么，今天晚上始终提不起兴致。

不知道谁突然说了一句：“周汪南怎么没来？”

我这才竖起耳朵听了几句。

“不知道，好几天都没有看到他了。”

“模特嘛，一般都忙。”

“也是，像他那么帅的人，肯定抽不开身。不会来了。”

我感觉自己可能有了抑郁症的前兆。

比如现在，内心就好像突然被压了一块大石头，上面插着鲜艳的红旗占领了我的心，对一个叫平静的对手挑衅着：“这块地我已经占领了。”

整个席间，我一直是晕晕乎乎的，也不知道什么时候散的场，打车到了公寓楼下，付过钱，心不在焉地往里走。

到了单元门口，我纠结着要不要敲敲门问候一下周汪南，却在瞥眼的瞬间看到了一个黑影迅速闪过。

人天生对黑暗有着莫名的恐惧，尤其是像我这种胆小如鼠的人，这眼前的黑影一晃不要紧，过去看的那些恐怖片，什么贞子啊，笔仙啊，统统跳了出来，总感觉背后有凉飕飕的阴风，仿佛贞子姐姐正在飘过来。

我没出息地想，如果这时候周汪南在就好了，贞子大姐一看如此帅哥，说不定立马变迷妹，毫不犹豫地带走他做压寨夫君去了，而我就大难不死。

是我太高估了自己。

望着近在咫尺的那扇门，怎么也抬不起胳膊。

我戴了一天隐形眼镜，看东西有点恍惚，正思索着会不会是我眼花时，那人影再次出现在了视野里。

我仔细一看，原来是一个大活人。闹了半天，是自己吓自己。

这时候，那人影继续走动，他戴着口罩，我看不清他长得什么样子，只觉得身材魁梧，还缩头缩脑。他手里拿着的袋子十分眼熟，我认真瞅了瞅，这不是阿南吃的狗粮吗？

综上所述，我敢断定他不是什么好人。

因为这人的形象莫名与陈铭睿口中的偷狗贼相吻合，我顿时义愤填膺起来。

我绝不允许这种不良分子来祸害苍生。

于是，五好青年的我二话不说直接摸出了手机："喂，警察叔叔吗……"

约莫十分钟后，警察叔叔的车停在了公寓门口，我赶紧跑过去，指着人影说："就是他，我大晚上回来就看见这人鬼鬼祟祟的！"

几个警察看向我手指的方向，迅速冲过去将人擒住，那人的手臂被掰到身后，要多解气有多解气。

活该！让你吓我！

民警问我："同志，你没受到什么伤害吧？"

他这话似有所指啊。我一听，赶紧低头整理了自己的衣服，摇摇头，有点遗憾："什么都没发生。"

警察叔叔面上毫无波澜，说：“最近接到群众反映，偷狗贼经常在这一片出没，有几只狗已经惨遭毒手，所以，这个人有些可疑，我们先带回去调查。”

见他转身就要走，我瞥了一眼车上被带走的男人，急忙冲过去拦住他：“等等！那个……我一直都挺喜欢狗狗的，所以我希望你们对这种不法分子一定要……要严惩。”

“请放心，我们不会冤枉好人，更不会放过坏人。”

“等等等等！”我扒住车门，可怜兮兮道，“您看能不能把我也带过去，我想知道他……他……他是不是窥伺我！”

一向镇定的警察叔叔忍不住多看了我几眼，犹豫半晌终于点头答应。

从公寓去往派出所的路上，我坐立不安，拼了命地想要靠近那个男人，他却始终偏着头，不愿理我。

侧脸当真像极了周汪南，我欲哭无泪，刚刚匆忙一眼我只觉得他眼熟，所以义无反顾地上了车。

现在可好，真相越来越接近内心最反感的答案，我恨不得一头撞死在海绵座椅上。

可是如果我死了，周汪南不就更没办法清白做人了吗？

不知何时，他才幽幽开口：“苏玖月，我挺佩服你的。”

我一愣，这句话，他当年也说过。

大三的冬季，呼呼的北风冻得人恨不得就地冬眠，永远不出门。

只是周汪南不同，即使是能把鼻涕冻成冰的温度，他每天早上依旧坚持跑步。

这样的行为落在年幼无知的我眼里，我瞬间对他肃然起敬，就仿佛别人吃肉他吃生白菜一样与众不同。

孟清清曾不止一次地表示对我的独特口味佩服得五体投地。然而更让她敬佩的，就是我在冬季天还没亮时，跑到男生宿舍楼下等着周汪南出来。

某天，我按照习惯来等他。那日雾气很大，给原本暗沉的天色更添了一层神秘的朦胧。我突然感觉头顶有什么东西，便伸手去抓。

这一抓不要紧，我下意识顺着扯过的布料向上看。一只白衣女鬼正在上方吊着，就像是恐怖电影里吊死的孤魂野鬼。

“啊！”我大叫一声。

恐惧感瞬间涌来，吓得我眼泪止不住地流，抱着头蹲在地上。

她会不会吸干我的血？会不会吃了我？

一想到这里，我更害怕了，满脑子都是爸爸妈妈、周汪南和我已经离世的外公。我后悔没好好学习，后悔没对爸妈好点，后悔出门前没把剩下的半瓶酸奶喝完……

大冬天里，我哭得一把鼻涕一把泪，可能实在是太惨，周汪南过来的时候，皱起眉头看了看我，又看了看那只“女鬼”。

紧接着，他发狠地一把扯下了那装神弄鬼的衣服。

寒风中，他俯下身，温暖的手臂轻轻搂住我，说：“没事了。”

我趁他不注意时悄悄往他身上抹了几把鼻涕。

跑步时，他眼睛不停地瞥向操场四周，似乎总是心不在焉。

跑完后，他说我：“天气不好的时候就别来了。”

我吸了吸鼻子：“为什么？”

“因为……”他停顿了一下，冷道，“因为老天看见你不高兴。”

话说完，他就走了。

我茫然：“有……有吗？”

第二天依旧大雾弥漫，望着周汪南冷冰冰的脸，我得意地对着手哈了口气。

“你不让我来我就不来了？我凭什么听你的？我还希望你喜欢我呢，但是你从来都没有听过我的话。”

周汪南突然停下脚步，看了我一眼。

他说：“苏玖月，我挺佩服你的。”

我笑嘻嘻地说：“客气客气。”

一个星期后，我便听孟清清说，周汪南把某男生清出了他的社团，原因是那男生爱装神弄鬼，影响不好……

孟清清说："以前也没少见过这人胡闹啊，怎么周大帅哥这一次突然发威了？"

1

坐在派出所里，我抱着一杯热茶，悄悄地瞥向满脸铁青的周汪南。

他重复着一句话：“我不是偷狗贼。”继而突然间想到了什么，偏头望着我。

四目相对时，周汪南咬牙切齿，我却冲他挑了挑眉毛。

其实本意是想逗逗他，让他别那么恨我，不过很显然，这一挑用错了时候，却让我想起了虎落平阳被犬欺。

老虎离开深山，落到平地里受困，狗也能欺负老虎。

狗？要不我打电话叫孟清清牵阿南来试一试？

这时候，民警也回过头来。场面有点尴尬，我只好讪讪地笑着，赶紧挪开目光，装模作样地低下头喝茶。

然而警察叔叔却径直走到了我面前，问：“苏同志，他说你们两个人认识，这到底是怎么回事？”

我放下手中的杯子，无奈地叹了口气，以最端庄的态度向警察叔叔说明了这件事情的来龙去脉。

包括我们俩住在同一个公寓，在一起上过学，还在一起工作。

还说了他是一个大模特，根本就不可能做偷狗贼的事情，是我回来的时候喝多了酒，头晕眼花自己吓自己。

为了证明自己说的是实话，我从手机上翻出了有关周汪南的写真和新闻，递到了警察叔叔面前。

“你们看，就是他，周汪南，还算是比较有名。真的是不好意思，由于我的粗心给你们添了麻烦，害得你们大半夜的没办法休息，对不起啊警察叔叔。”

我带着浓浓的歉意给他鞠了一躬。

民警们闻言，表情略显凝重，面面相觑。

我以为他们是被我真挚的情感所感动，正准备说情带着周汪南离开，民警却先我一步开口，一本正经地说：“苏同志，我们可以原谅你所犯的错误。”

我轻呼一口气。

“也可以让你们两个离开。”

我微笑着点头。

“但是，我们长得真的有那么沧桑？”

我的微笑凝固在嘴角，不知道该怎么解释，顺势把目光投向周汪南，希望他能够给我指明一条道路，却发现他在幸灾乐祸中强忍笑意。

我心里火大：拜托哦这位仁兄……要不是为了带你出来我至于口不择言说错话吗？

好在警察叔叔并没有为了这件事要为难我的意思，签了字之后就放了我俩。

回去的路上，周汪南脸色很不好，像是被霜打了的茄子，或像是笑话里所说的，吃苹果误吞了半条虫子，反正挺难看的。

我估计他气得连车也忘了叫，大长腿的优势使然，走得很快。

这我得批评他一下，就算是再郁闷，惩罚自己有用吗？还连累我这个罪魁祸首。

关键是身为肇事人的我，面对这样的欺压丝毫不敢反抗……

无奈，我跟在他身后一路小跑，望着前面高大的背影，生怕这男人一生气把我扔在黑漆漆的夜里。

过了一会儿，腿上的酸痛让我从愧疚中清醒，我抹了把额角的汗，问道：“周汪南，你想不想在这神秘的黑夜里召唤出光芒四射的坐骑？”

他听到了，却连看都不看我一眼，大步向前跨，就像是电影里酷酷的男主角，走路带风的那种。

岁月从不温柔待人。

所以，在追逐周汪南的那些年里，我早就练就了一副堪比地壳厚度的二皮脸——即使他不理我，我也硬贴上去。

不知道是不是腿部的过量运动刺激了大脑，我那股精神再次涌现了出来，直接追上他，说：“周汪南，我知道今天的事情是我对不起你，千错万错都是我的错，你也是第一次被抓去派出所吧，你看，这种奇妙的经历不是人人都有的，你得学会往好处想呀。再说，我又不是故意的，你干吗抓住我的小辫子不放？我这不是救你出来了吗？”

黑暗中，他突然停下脚步，扯着嘴角睥睨着我。

不知道做错了事情的人是不是都心虚，他的目光停留在我身上，我心慌慌的，不知所措地望着他，甚至还有点脸红。

就当我以为他要报复我的时候，周汪南却什么都没说，又直接走了。

我摸了摸鼻子，像是吃了怪味豆，感觉怪怪的。

昏暗的路灯将一前一后两个影子拉长，我低头看着另一个我们，小心翼翼抬脚，覆上他踩过的地方，似乎这样重复地临摹那无形的脚印，已经成了一种习惯。

肢体动作投入于重蹈覆辙，让人的海马体也忍不住回忆起过去。

大学时的公共选修课，我选择了宇宙天文学。

其实我并不关心地球是盒子还是鸡蛋，更不想知道宇宙大爆炸理论和天体系统有什么，选择这个科目的理由很简单——就是随着周汪南走。

他去哪儿，我去哪儿。

公共选修课通常安排在晚上，无聊的专业术语就像催眠曲，让我止不住地打哈欠。出于对老师的尊重，开始我还硬撑着，最后破罐子破摔，直接趴在桌子上沉沉睡去。

不知多久后——

“嘭”一声巨大的闷响将我震醒，我抬头一看，周围人已经陆续离开，我揉了揉眼睛，急忙收拾收拾追上周汪南。

路灯下，我就这样跟在他身后，低着头思考着那如雷贯耳的声响是哪儿来的，一步一步地往前走。旁边的女生却故意往周汪南身上靠，明显是对我发起挑衅。

我这人不能被挑衅，因为受刺激后会做出有违矜持的事情来。

看她得意，我气不过，小短腿快走几步，直接抓住了周汪南手中卷起的书。

他察觉到重力，先是低头看了一眼那本书，然后顺着我的胳膊看向我的脸。

被逮了现行，我慌慌张张，快速在大脑中搜索解释，最后硬是挤出来一句："天……天太黑，我担心你害怕……"

他可能是真的被我的举动给吓到了，眼睛忽闪几下，有点别扭地回过头，继续往前走。

我抓着书的手仔细摸了摸，总觉得不是那么平整，好像凹陷进去一块一样。我问他："你这书皮怎么回事？"

周汪南说："敲桌子敲的。"

"没事你敲桌子干吗？"

他停下脚步，看着我："我脑残。"

没事用书砸桌子玩，是挺脑残的。

帅哥的兴趣爱好就是不一样呀……

我并不认为自己是一个很喜欢回忆往事的人，能够让我不断记起的，不是很重要的事，就是难以割舍的人。

大学的时候，除了不挂科，周汪南就是我的全部。

我抬起头，心中塞满了惆怅，望着前方的拐弯处，继续回忆。

这时候——

“周汪南！周汪南！”我大叫一声。

就在瞬间，面前一个黑影突然迅速闪过，清清楚楚真真切切，绝对不是我眼花。

天生对黑影有着恐惧感的我站在原地，不敢轻易挪一步，差点哭出来。那种感觉就像是小时候我妈说，长着大嘴巴和八条腿的丑妖怪会吃了我一样，背后冒凉风。

周汪南看我这样，赶紧掉头回来。可能是紧张这种东西会传染，他一向镇定自若的表情也慌张起来。

他问：“你怎么了？”

我抓着他的手腕，吓得气息不稳，带着哭腔：“刚刚我看见一个黑影，‘嗖’一下子就过去了。”

我忘了当时周汪南是什么表情了，听到我的话后，拉住我的手往前走。

他攥得我生疼，这让我严重怀疑，他比我还要害怕几分。

等我反应过来时，路已经走了一半。

我痴痴地望着牵着我的大掌，从相识开始，我那么努力，也没和他这样亲密过啊。

天气较热，再加上害怕，我俩手心里都是汗。

我想，要是真有什么，周汪南肯定会冲上去，于是便放下了心。

他牵着我的手一路到了公寓。

周汪南说：“我先送你回去吧。”

这样的他让我摸不着头脑。

说话这么直白温柔，难不成是我一贯的端正作风终于把他从毒舌的扭曲道路上拉了回来？

2

现实往往会给我一个耳光，但是架不住我脸皮厚，再多的巴掌于我而言都是挠痒痒。

周汪南恶毒地补充说明：“刚刚的黑影是只野猫。你胆小如鼠，上面那么黑，我怕你半路猝死。”

我瞪他：“你能不能说点好听的？”

“你都把我送到了派出所，想让我夸你什么？刚正不阿？蕙质兰心？”

敢情他还对这件事耿耿于怀呢？不过小伙子，今天这成语用得真是字如其人啊……

我摇了摇头，给他一个完美的解释："胆大心细，就是找错了对象。"

他对我这没营养的回答表示无视，没再接话，拽着我的袖子把我提溜到了楼上。

对于这一点，我十分不满意。

好歹我也是个美少女，牵手或者公主抱什么的就不勉强了，但是也别像现在一样，仿佛我只是他手中提着的一棵白菜。

到了家门口，周汪南转身就要走。

我想到今天晚上这场闹剧的始作俑者，便不由得感到惭愧。看着他走到楼梯口，刚下了几个台阶，我便急忙把他叫住："哎，周汪南……"

他回头，疑惑地望着我。

我心中忽然大喜，终于有一天能够居高临下地望着一米八九的他了，感谢这个台阶，让我找回了生命中难得的尊严。

我继续说："今天的事不好意思，以后你别到处乱跑了，不是所有人都像我一样爱民如子，我怕下一次别人直接把你打死。"

周汪南嘴角抽了抽，回了一句"不会如你所愿的"便走了。

傻傻望着他离开的完美背影，我痴笑，不知所措地低头，眼睛瞥向四周，抓了抓耳朵。

我正回忆着一路上热乎乎的牵手，这时候房门突然打开了，孟清清穿着睡衣，顶着困意出来，打断了我的思绪。

她看到我，先是一愣，然后睁开眼睛惊奇地打量着我，像是发现了新大陆似的说："苏玖月，你不是在家吗？"

看来我以后得在家里设置机器人，智能的那种，免得有小偷进来孟清清也不知道。

但是仔细一想，单凭我们加起来的智商，在小偷没进来之前，不是机器人毁灭了我俩就是我俩拆分了机器人。

阿南挤出来，摇着尾巴围着我转了几圈，又昂起头冲着楼梯口闻了闻。

我打了个哈欠，自认为眼睛水汪汪，无辜地看了看孟清清，一把将阿南拽回来，迈进门，说："睡觉！"

对了，孟清清和我妈相处得很好，这也是为什么我妈放心我和她住在一起的原因。

我个人觉得年轻人都很有个性，尤其是我们这种优秀青年，肯定和上一辈有着思维上的不同。

这也是我妈不怎么待见我的原因。

但是我发现我错了，上次我妈来的时候，.孟清清很讨她老人家欢心。以至于我妈她老人家感动得稀里哗啦，差点一激动把我家的银行存款和存折密码倾情相告。

所以，从那以后，我认定了孟清清不是一般人。

现在我发现我又错了，她能让我妈如此激动，全都是因为两人有着相同的性格，譬如，唠叨。

这不，刚进门，孟清清便开始了对我的深刻教育："我说苏玖月，你平时回来晚点也就算了，你看看今天这都几点了？一个女孩子，要学会自尊自爱自重，要是被阿姨知道了，恐怕又要生气了。阿姨人很好，你知道上次她和我说了多少吗？你这么大了，不让阿姨省心也就算了，还……"

我换鞋，进屋，放包包，放衣服，然后去浴室洗澡。这期间孟清清和阿南走来走去，跟在我屁股后面转了一路。

最后我说"我要洗澡了，不介意你欣赏美少女的冰肌玉骨"，孟清清这才扯着嘴角顺便扯着阿南走了。

回来得晚也有好处，洗漱完毕后我很快便入眠了。

但不幸运的是，睡前经历太多，睡时做了一个梦。

准确来讲，是回忆。

宇宙天文学就是为我准备的安眠药，每次上课，我无一例外地昏昏睡去。

为了改变这种恶习，在某次课上，我大胆地拿出手机来，看刚刚下载的电影。

那时被孟清清的“追爱法则”蛊惑，说是让我看个恐怖电影，然后害怕地钻进周汪南的怀里，软玉温香，就不信他不动心。

年少无知的我下了下狠心，如法炮制，并且精挑细选，下载了一个，咳咳……内容比较多的那种。

在后排偷偷看电影，为了效果，我壮着胆子戴了耳机，死活塞到周汪南耳朵里一个。他不干，我咬牙切齿地说：“你不看就证明你是胆小鬼！”

他应该是当真了，没有再反抗。

恐怖电影，我俩看得都十分入迷，甚至忘记了台上还在讲课的中年男老师。

说到这里，我要穿插一句，近几年的恐怖电影真是不走心，除了特效还是特效，真是没什么新意。一点别出心裁的吓人感都没有，也太对不起“恐怖”这俩字了。

我一边看着电影，一边琢磨着怎么扑在周汪南怀里娇滴滴地说我好怕。

最让人头疼的就是，现场眼睛太多。

好比一个演员，道具什么都准备好了，在开拍以后发现演对手戏的全是外行人，导致自己那种不要脸的入戏精神完全没办法释放。

扭捏了半天，终于看到恐怖情节，我小心翼翼地往他那边蹭了蹭，想要装紧张，死死抱住他的胳膊。

结果胳膊没抱住，手忙脚乱中耳机掉了，我赶紧低头去捡，来来回回几个大幅度动作，不幸让台上的老师注意到了我们。

他笑着指着我："就最后一排的那个'浓缩'的女同学，你来说一下，太阳系和小天体的共同特征是什么？"

我向四周看了看，最后一排偷懒的几乎都是男孩子，只有我一个女生。

那就是"浓缩"的我无疑了……

众目睽睽下，我缓缓站起身，却不想挂掉了耳机，手机失去了静音伪装，顿时出现高昂清晰又妩媚妖娆的女声："你要共度春宵没问题，要了我的人，我就要你的心——"

全班一愣，继而哄堂大笑。

看着老师仿佛黑青板石一样阴沉的脸色，我恨不得钻到地缝里去。旁边的周汪南依旧面无表情，淡然到仿佛不认识我一般，也是，谁愿意摊上这丢人的事情呢……

正不知所措着，周汪南却突然站起来，磁性低沉的嗓音在逐渐消失殆尽的笑声中格外真切。

他说：“太阳系小天体的共同特点为，都以太阳为中心做圆周运动。”

班里安静下来，中年老师脸色也微微改善，招了招手让我们俩坐下。

我一边在心里默念着好人一生平安，一边向他道谢。

经历了这样的小插曲，下课回去时我心情压抑，而我心情不好，通常用吃的方法来排遣，所以拉着某人去了门口的小餐馆。

你看，我发泄的方式，简单粗暴。

周汪南坐在对面，不带温度地看着我。

对他而言，和我在一起是既浪费时间又丢人吧？该死的孟清清，出的什么鬼主意，还看什么“人肉叉烧包”，我现在恨不得吃人肉面。

这时候，小餐馆的阿姨拿着几张纸走过来，问：“你好，请问吃点什么？”

我漫不经心：“人肉面。”

顿时，阿姨手里的笔掉在地上……

周汪南也惊讶地看向我，不过他反应快，急忙帮我打圆场，低头捡起那支笔递过去，安慰着阿姨：“您别误会，她刚刚看完恐怖电影，吓得不会说话了。”

“对对对……”我附和着。

阿姨松了口气，又问：“那到底吃什么？”

为了证明周汪南所说的“不会说话”是真实存在的，我赶紧入戏。

“要一碗水煮鱼，记得多放鱼鱼鱼鱼鱼……”

阿姨：“我直接把养鱼塘给你煮了成不？”

3

俗话说得好，日有所思，肯定成真。

这话是我瞎编的。

昨天晚上孟清清让我想起了我妈，今天我妈就来了。

下班回家，我便看到我妈坐在沙发上，拉着孟清清的手滔滔不绝地讲述着她老人家这五十年来的苦与乐。

我一愣，急忙扑过去叫道：“妈，你怎么来啦？”

我妈淡淡地扫了我一眼，说：“打车来的。”然后继续拉着孟清清谈天说地。

得，我一看这儿没有我说话的份儿啊，便难得地把冰箱里的速冻水饺给煮了——我妈来了，我得拿出像样的东西来款待她不是？

除了方便面和水煮面，这就是我力所能及的最好的东西。

坐在沙发上，我听着她们俩聊天。

我妈心里都是些鸡毛蒜皮的小事，比如说做菜要放多少油多少盐啥的……

她回过头来跟我说：“玖月，你也听听，学点生活常识，省得做菜那么难吃。”

我忙不迭地笑笑，隔空和孟清清递一个哀怨的眼神。看我妈的兴奋劲儿，我就没好意思告诉她，我们不做菜的。

孝顺孝顺，首先就是顺，不顺怎么孝？所以，她老人家爱说什么说什么去。

坐在沙发上调着电视，我总觉得空落落的，像是少了什么东西。

过一会儿，趁着我妈上厕所，我急忙问孟清清：“阿南呢？”

“趁着阿姨不注意，我把它送周汪南家去了。”

我对孟清清竖起大拇指：“干得好。”

这时候我妈出来，问：“什么干得好？怎么了？干什么了？”

孟清清回答：“阿姨，玖月说您干家务干得好，说您勤快。”

我妈喜不自胜：“是吗，嘿嘿嘿……”

怪不得我妈喜欢孟清清。

就我养狗这事，我与我妈曾展开过深刻的辩论。

我的理由很简单：我喜欢狗，我要养。

我妈的反方辩词有理有据。

一是我小时候在外面和狗睡过，她有心理阴影。二是狗会掉毛排泄，家里都是她打扫。第三个就比较真诚了，就是我连自己都养不活，还想养好狗简直是痴人说梦。

那时候我觉得我妈说得有点道理，便放弃了养狗的想法。

现在不同了，在外面工作一年虽然没什么大成就，但是养狗还是养得起的。

这时候，我妈正唉声叹气。我纳罕她老人家这是又怎么了，赶紧竖起耳朵来听听。

说来惭愧，原来是邻居张大爷那日深情款款地送给我妈一束西兰花，被我爸看到扔了出去，俩人打了一架，这才跑到我这里来……

我妈说："人老了，不比从前。从前那追求我的小帅哥多了去了，长得都跟明星似的，你看那说相声的老郭，多幽默多有范儿的一个人啊……"

我默默走到阳台上给我爸打了个电话。

出来的时候，我妈还在继续讲。

"我跟你说啊清清，人这一辈子，真的挺短，一辈子过完了，就什么都没有了，帅哥、金钱都是空话，就我们家在银行那个存折……"

我一看我妈老毛病要犯了，赶紧拦住她："妈妈，妈妈……我们可不可以谈点欢快的？”

我妈不乐意了。

“欢快？你有本事给我带个男朋友回来让我高兴高兴啊，都二十四五的人了，连个男人都捞不到！”

我很想说，找男朋友这事急不得，毕竟我才大学毕业一年，但一看她老人家铁青的脸，我硬生生地把原话憋了回去，找了个理由：“妈，我这不是为了等待更好的嘛。”

然后，电视屏幕里就出现了周汪南那张脸，我一紧张，直接指着他：“妈，你看我以后嫁给他好不好？”

房间里突然安静了下来。

我妈愣住，不可思议地看着我，继而毫不遮掩地哈哈大笑起来。

“清清……哈哈哈……玖月说她……哈哈哈……她要嫁给那人，哈哈哈……脑子有问题，哈哈哈……”

我：“……”

吃完饺子之后，我爸就来道歉了，彻头彻尾地向我妈反省了他不分青红皂白、小肚鸡肠的地主阶级霸权思想……

然后我妈感动，老两口一块回家了。

我妈走后，孟清清一脸八卦地望着我：“玖月，你是不是又对周汪南有想法了？”

我矢口否认：“骗我妈的你也信？”

“是吗？但是为什么我觉得你挺认真的？”

看来需要明确解释一下。

我叹了口气，把遥控器放下，一副正人君子样儿。

“你听好了啊，我和周汪南，就好像驴和吃驴肉火烧的人，刚开始那时候他的肉还很鲜美，可是后来这头驴的味道变腻了，你还会硬着头皮去吃吗？”

“不会。”

“是不是该考虑换头驴？”

“是。”孟清清点头表示赞同。

得到满意的回答后，我便穿鞋，穿外套，刚拉开门，她又问：“这么晚了，你干什么去？”

“上那头驴家把狗牵回来。”

楼道里没那么昏暗了。自打上次从派出所回来，便发现公寓的物业工作人员安装了更明亮的灯。

还真是人性化。

一步作两步地踩着台阶下来，用力平稳住气息，敲了敲周汪南家的门。

门铃实在够不着。

他似乎刚刚洗完澡，穿着宽松休闲的衣服，用干毛巾擦着头发，直接甩了我一脸水。

我抹了把脸，站在门口，往房间里望了望："阿南呢？我来接它回去，谢谢你收留它。"

话音刚落，狗子仿佛听懂了一般，从屋里晃晃悠悠地出来，走到我面前似乎还有点不情愿。

这时候，周汪南突然蹲下去，摸了摸它的头，顺带捋了一把它的后背。

我仔细观察着他们俩的沟通互动，不知道为什么，总感觉阿南见到周汪南兴奋得过头，尾巴摇个不停，一直蹦来蹦去。

难道是名字的重合让他们有了跨种族的灵犀？或是这只狗垂涎于这男人的美色……

一人一狗交流完，周汪南起身，对我和狗说："回去吧。"

阿南突然哀怨地"嗷呜"一声。

我诧异，用疾恶如仇的目光望着对面的男人，问道："你给阿南下什么迷魂药了？"

他看了看狗狗，一本正经地说："可能是天气太热，发春。"

我竟然觉得周汪南的话好有道理，正符合我心里的猜想，没想到养了这么久的狗子居然喜好美男。

更没想到的是，周汪南居然如此气定神闲地说出这话，真是让我又惊又喜，看来别的工作没少做呀……

回到家里，我关上门，心情有点复杂。

上一次错把他送进派出所的事情，再怎么说也是我不对。虽然这段时间没人提，但周汪南越是这样沉默，我的心里就越不舒服。不过看样子，他也挺喜欢狗的，要不我明天带阿南去正式道个歉？好以此来安慰我愧疚已久的心。

行！就这么办了。

阿南趴在角落里，自打回来就闷闷不乐。

我开口叫它。

这狗像是和我作对一样，依旧抱着狗窝不动。

我叹了口气，语重心长地说：“明天周末，本想带你去周模特家一趟，看你这样子，还是算了吧。”

阿南一听，急忙屁颠屁颠地跑过来。

小样儿，非逼我用撒手锏！

第五章
chapter five

重燃激情

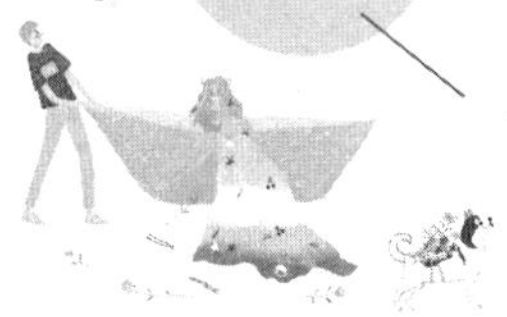

1

为了表达诚意，天刚刚放亮，我便已经收拾好东西，把阿南从窝里拽出来，去了周汪南家门口。

鉴于时间还早，我破天荒地善解人意了一次，没有敲门把他吵醒。我先带着阿南到了楼下转悠几圈，等到太阳的高度差不多了，才不紧不慢地走回来。

站在门前，我清了清嗓子，做好了赔礼道歉的准备。

握起拳头正准备敲门，门却突然开了。就仿佛武侠小说里的气功一样，手刚刚抬高，刀剑已赫然停在半空中。

周汪南还是那身和我同款不同色的运动装，一头干净利索的短发，在阳光的折射下有些偏棕。他正扶着门把手目光诧异地看着我。

我尴尬地挠了挠脖子，笑着说："那个，今天早上能不能一起跑步？"

这个问题本来就是没话找话，我自作主张跟着他也不是一天两天了，就算他不答应也没用。

周汪南没回话，转身把房门关上，径直向前走了几步。

虽然早已经做好了被拒绝的心理准备，但是事情真正发生时，心里还是抑制不住地有些失落。

我低下头，望了望眼睛放光的狗子，再度惆怅。

这时候，周汪南的声音响起："你走不走？"

惊讶地抬起头时，他还没来得及完全把身子转回去，我兴奋地点头："当然走！"

"阿南，快点走了！"

狗子摇着尾巴赶紧跟上来。

路上，我偷偷瞄着他冷峻的侧脸，仿佛又回到了大学时代，沐浴太阳洒下的金色晨光中，并肩前行。

时间真是个好东西，它可以让我们在现在瞻望过去的美好，也可以让我们在沙漏中捡到想要遇见的人。

可能是已经习惯了跑步时不断讲话，平常我对着阿南絮絮叨叨，在它面前就算是信口开河也没关系，反正它听不懂。

只是今天不同于往常，一想到还要向周汪南赔礼道歉，我又开始没话找话："对了，你最近都在忙什么啊？拍摄结束以后就没怎么在公司里见过你，上次的聚餐也没去，你这大模特，是不是又接新的拍摄了？"

"没有。"

"哦。"

我想了想，又问："你今天怎么没戴口罩啊？"

周汪南脚步一滞，突然停下。

我感觉莫名其妙，不过很快他又继续往前走，说："忘了。"

我："……"

和他对话，真是考验心理承受能力。

我很想和他打一架，不过看这身高差，最后吃亏的还是我，况且阿南也偏向他那边，不占便宜啊不占便宜。

这时候，已经跑了好几圈，我实在是受不了，执意拉着他到旁边的凳子上休息。

他不同意，嘲笑我："才这么几步，你是出来遛弯的？"

我不屑地冷哼一声："讲话可是要负责任的，你想背着我跑？"

按照剧本的设定，男主角肯定会说，上来，我背你。

很显然，这种经常出现在偶像剧和小说中的情节并不适合我俩。

周汪南冷嗤一声，一边蹲下身子逗弄着阿南，一边说："我怕被你压死。"

我原地石化，这位仁兄，你可以再委婉一点的。

周汪南很莫名其妙，说完这话淡淡地看了我一眼，目光相对时，又回过头继续和狗玩去了。

我呆呆地望着一人一狗，不知道是不是太累了，精神有点恍惚。

阳光晕染出光圈，完整地将他俩包裹住，旁边的所有事物都虚化了，就像是被人加了滤镜。周汪南轻轻抚摸着阿南的头，小心翼翼地把脏东西从狗身上取下来，嘴角微微翘起，温柔得有点不像他。

我心上某处被猛然戳中，很想就这么和他一直待下去……

"苏玖月，你还要在这里傻笑多久？"

冷不丁的一句话让我瞬间从梦幻中清醒过来，看着站在面前的周汪南，既遥不可及又近在咫尺，我用力地咽了咽口水。

大概是所向往的美好突然被打破，我心中失落不已。

回去的路上，我说："周汪南，上次把你送进派出所的事情真的很对不起，这段时间我心里一直过意不去，希望你能够大人不计小人过，原谅我。”

他微微愣了下，眼神有些沉。

我心想，完了，这人可能要跟我过不去，一定会说什么“我不是大人，不会原谅你”之类的话。

然而他却说：“你今天来找我，就是为了和我讲这个的？”

不然呢？没事找你来唠家常？

我点点头。

他冷着脸，突然加快了脚步。

我错愕，这人有没有考虑过短腿的人的感受啊？

走了两步实在是跟不上，我便冲他喊：“喂，不原谅就不原谅，别生气呀。”

话刚说完，他已经进了家门。

我低头看着阿南，郁闷万分。

回到家，孟清清正抱着一袋子薯片窝在沙发上玩手机，她见我回来，兴冲冲地说：“快来快来，帮我给男朋友选一下礼物，现在的东西五花八门，选择困难症都犯了。”

“买礼物做什么？他过生日？”

孟清清脸上充满了甜蜜，把手机举过来：“不是啦，快七夕节了啊，你看看这上面哪个好？”

我无奈地耸耸肩，尽量不耷拉着脸，看了一眼手机，对她的审美简单粗暴地进行评价：“庸俗。”

孟清清用一种不可思议的眼神望着我，不满地抗议：“你当初为了周汪南不也庸俗过吗？”

“那时候是我年少无知。”

“现在长大了？”

“嗯。”

她突然哈哈大笑，指着阿南说：“哈哈哈……阿南做证……你敢说你今天早上去找谁了吗？哈哈哈哈……”

我停住换鞋的动作，抽着嘴角问她：“你怎么知道？”

她脸上还有残余的笑意：“偶遇呀。”

呵呵，那还真是巧啊。

我并不打算搭理她，直接往自己房间走。

孟清清说：“哎哎哎，你还没告诉我选哪个礼物呢。”

我随口胡诌：“你要真喜欢他，不如就把自己送给他喽。”

躺在柔软的大床上，我回想着刚刚发生的事情，突然觉得平时我妈说我蠢，还是有点道理的。

我就像白痴一样，一大早屁颠屁颠地跑去周汪南家门口等着，认真地道歉却换来了人家的冷漠。热脸贴冷屁股这种事情，没想到我做了那么多年，还是觉得不过瘾。都这么大的人了，仍旧不肯放过自己的热脸。

只是当我想起他对阿南的温柔，就好像又有了第一次见到他时的心动。

第一次见到周汪南，误打误撞地把内衣扣在他身上时，我便知道他也扣住了我。

大四毕业前，那是追逐着他的第四个七夕节。我想和他吃一顿浪漫的烛光晚餐，用了我一个月的生活费，费了好大劲在西餐厅订了位置。

当我兴奋地跑去操场找他时，却看到刚刚打完乒乓球的他满头大汗，然后微笑着接过柳舒舒手里的毛巾。

那种笑容，是面对我时绝对不会出现的温柔，两只小虎牙露在外面，格外刺眼。

哇，好一对璧人！

我伤心欲绝，当天晚上一个人哭着在西餐厅里吃完了两人份的牛排。

丢掉了周汪南，就好像丢掉了全世界一样，心中仿佛被什么堵住，我想那应该就叫怅然若失和心灰意冷吧。

从那之后，我就变得安分守己，努力克制住那些心思，直到毕业，也没有再去找周江南。

原来失恋，是一种能够让人窒息的疼痛，就好像活活在心上剜了一刀。

据旁观者孟清清所描述，那时候我就像是一个丢了心的木偶，人在这里，却没有任何的灵魂。

不过，现在都不重要了，对于周江南这块巨大的寒冰，我打算用热脸再试一试能不能焐化他。

2

大学时，如果你问我，谁长得最帅？

我会毫不犹豫地回答："周江南！"

你最喜欢谁？

"周江南！"

谁最优秀？

"周江南！"

总之，从头到尾，我所做的一切，都是为了他。

周汪南这个名字，贯穿了我整个大学的青春，现如今也是我心头难以抹去的朱砂痣。

大学时，身为摄影专业的人才，我总是需要摆出一种雷打不动的态度。因为老师不知道什么时候，会给你下达什么莫名其妙的任务。

只是，时间久了，大家都免疫了。

所以，当充满艺术气息的年轻女老师说这次的作业是去寻找生命与生活的美好时，同学们都露出了一副了然的表情，然后睡觉的继续睡觉，看小说的继续看小说。

无论是上学，还是上班，我们都一致认同，当初选择摄影除了其他专业满人迫不得已，就是被那几台冰冷的机器和老师的夸夸其词给骗了！

什么文艺与美好并存，什么电子技术与信息运用并取，现在真正工作起来，哪里还管得了自身的形象？都是眼睁睁看着别人英俊潇洒美丽动人罢了。

所以，老师布置完作业，中午和周同学吃饭的时候，我便开始了自古逢秋悲寂寥般的怨声载道。

买完饭之后，我俩面对面地坐着。

我怕周汪南吃着饭听我絮叨心烦影响胃口，便让他等我说完再动筷子。

我说："现在的大学生真是不容易，每天要应对那么多的社团也就算了，还给我们布置那么难的任务，每一次都把话说得莫名其妙。就比如上次，主题是什么发现孕育的生命，我傻呵呵地到处去问人家孕妇，能不能给我瞧瞧拍的 B 超，她们用一种看精神病人的眼光看我。后来呢？后来优胜者居然是一根连毛都没有的豆芽菜！我的 B 超成了笑话，你不知道我当时的心情有多崩溃。还有啊……"

在长达五分钟滔滔不绝的发泄结束后，周汪南满脸惊奇地望着我，说："你还真是语言丰富。"

我没心思和他开玩笑，托着下巴哀叹道："我觉得，我和毕加索有点像，早晚有一天也会失常的。"

他没理我，低下头吃东西。

我想了想，周汪南的做法是正确的，毕竟填饱肚子重要。所以前一秒还在伤春悲秋的我，下一秒就不管不顾地吃了起来。

待我把盘子里的最后一粒米放进嘴里，正好抬头和周汪南对视上，他用一种鄙夷的眼神看我，说："毕加索好像没你吃得多。"

这可不行，淑女的形象不能丢！于是，我赶紧解释："不不不，我本来是吃不下的，但是一想到'粒粒皆辛苦'，就爱心泛滥。"

"连带着胃酸也泛滥？"

我："……"

他没带我直接去图书馆学习（其实是他学习我看漫画），而是直接出了校门，去了一家宠物店。

一看见阿猫阿狗，我就开始放飞自我，不知道周汪南当时是怎么想的，反正肯定不愿意认识我。

我好奇地左瞧瞧右看看。

"哇——好可爱的萨摩耶。"

"哇——好可爱的金毛。"

"哇——好可爱的……咦？老板？"

柜台上，一个十一二岁的小男孩眨着大大的眼睛，用一种暧昧的眼光看着我俩。

我问他："你们家大人呢？"

他很不屑："我就是大人，需要什么快说，我很忙的。"

我笑："你忙什么？"

他看了我一会儿，紧接着，从身后拿出来一条小白蛇。

"啊——"我大叫着，一下子跳到了周汪南身后，指着白色的一团哆哆嗦嗦："蛇……蛇……"

小男孩鄙视我："这么大的人了还怕蛇？"

废话！多大的人也怕蛇啊！

周汪南轻咳一声，从手里拿出一个装着小乌龟的水缸放在了柜台上，问小男孩："这个多少钱？"

"六十块。"

那么小的乌龟要六十块，他怎么不去抢？

正当我走神的时候，周汪南已经付完了钱。

看着那只小乌龟，我问："它能活多久？"

小男孩犹豫了一下，回答："养好的话，它给你送终，养不好的话，你给它送终。"

周汪南拿起水缸，拉着我离开。

小白蛇露出头来，我冲它摆摆手："再见，素贞。"

周汪南的思维和行为一般人真搞不懂。

我问他为什么要买乌龟。他说宿舍里不能养狗，就买只乌龟培养情怀。

仔细琢磨了这番话后，我恍然大悟："原来你喜欢狗啊。"

"嗯。"

我委屈："唉，你喜欢狗都不喜欢我，我过得连狗都不如。"

他突然回头看了一眼。

路上，为了完成老师布置的任务，我拿着相机拍啊拍。最后不知道想起了什么，非逼迫周汪南和乌龟合影。

在周汪南反抗失败后，我得意扬扬地把他装进了相机里。

直到现在，那张受到了摄影老师表扬的照片我还保留着。

周汪南用水缸遮住了下半张脸，透明的水缸让他的虎牙若隐若现，两只漂亮的眼睛露出来，背景是一棵秋季的梧桐树。

“呼——”

我猛然惊醒，揉着自己的头，然后从床头拿过手机。

一看时间已经不早了，我赶紧起床收拾收拾东西，到了楼下，敲了敲周汪南的门，然后耐心等待。

不超过两分钟，一身运动装，清爽干练的他就出现在我的面前。

每天早上跑完步后，我都执意要求他和我一起去吃早饭。最初周汪南不同意，但最后还是妥协了，毕竟上学时已经养成了和我吃早饭的习惯，一来二去，可能激发了他血液里的记忆神经元，便不再推辞。

说实话，在追男孩子这方面，我真的不怎么擅长。孟清清说我铁树开花，好不容易开窍了，却还是用着老掉牙的套路。

吃饭、看电影、跑步、偶遇、阿南。

我觉得挺好的呀，这不就是小说里的情节？

喜欢一个人很容易患得患失。

我过去是这样，现在也是这样。所以每天祈祷着琼瑶阿姨能够保佑我，让我们两个的爱情变成尔康和紫薇，千万不要是皇帝和香妃。

吃早餐时，周汪南坐在我的对面，看着我喝下最后一口豆浆，略有深意。

我说："你有什么话就直说吧。"

他也不客气，说："苏玖月，上次派出所的事情我已经原谅你了。"

我点头："知道啊。"

"那你这半个多月抽的什么风？"

"追你啊。"

周汪南吃东西的动作突然停住。

我一抬头，正好与他碰个对眼。

似乎是有点别扭，他急忙闪躲，再次低下头去。

看着他一个大男人这样，我心里也过意不去。

我知道被不喜欢的人死缠烂打的感受，就好像当年隔壁辩论队的二胖说什么也要追我一样，内里明明白白知道自己不喜欢他，可是又狠不下心说太决绝的话伤害他。

最后，我想，二胖那么胖，多吃点东西就补回来了，而如果我不说明的话，别扭的是我们三个人（我自作主张把周汪南加了进去）。

所以，刚刚一看周汪南的反应，我就知道他很不舒服。

如果他也喜欢我，早就应该站起来给我个拥抱什么的吧，最起码反应没这么……如临大敌。

于是，我赶紧救场，挽回自己最后一点尊严："开玩笑的啦，我才不会再重蹈覆辙。"

他扬起嘴角，却总让我觉得皮笑肉不笑。

"哦。"

3

七夕节这天，我并没有约周汪南。

因为我考虑到他很忙，便善解人意地决定不给他增加负担。

碰到这种节日，电视台会做一些特别节目，而他一般都是出场的特邀嘉宾，不忙才怪。

考虑到今天不宜出行，我把自己关在家里和阿南窝一起看电视，单身狗和单身狗之间总有一种惺惺相惜的感觉。

不过，当看见电视屏幕上那张熟悉的脸时，阿南突然跑过去，伸出前腿来试图拥抱。

我翻了个身，躺在沙发上望着天花板仰天长啸："命运不公啊！"

阿南的爪子和电视屏幕摩擦，发出刺耳的"沙沙"声，我一紧张，一下子从沙发上骨碌滚下来，拿起遥控器就把电视关上了。

我可不想因为修电视，而多一笔开支。

阿南“嗷呜”一声，可怜兮兮地看着我。

我说：“看什么看？再看你也是单身狗！”

回到屋里，我打开笔记本电脑，登上论坛。

有一个帖子放出了一张图片，说是偷狗贼近期出没，请保护好爱犬。

那照片上鬼鬼祟祟的两个人有点眼熟，让我想起了周汪南。那天晚上他也没说明到底是出来干什么，反正不可能是偷狗贼，毕竟他那么喜欢狗。

阿南从旁边看着电脑屏幕，突然就过来使劲蹭我，用鼻子指了指照片上的偷狗贼。

本来还以为阿南成精了，正思考要不要共享电脑，却一下子明白过来什么。

怪不得这两个人这么眼熟，不就是那时候想要把阿南拐走的凶猛大汉吗？看来派出所的饭挺好吃啊，要不然怎么出来后又做起了这个行当？

贼性不改，冥顽不灵！可恶！

我满身热血沸腾，干脆利落地从床上爬起来，一边往外走一边豪情满怀地说：“阿南，走，跟我抓坏人去！”

它摇了摇尾巴，兴奋地“汪”了一声。

在马路上晃悠了很久，霓虹灯十分耀眼。望着来来往往的情侣和车流，我开始怀疑自己对“抓坏人”这三个字有什么误解。

拥有正义感是没错，但我不是说好了七夕节不出门的吗?

算了，我说话不靠谱也不是一天两天了，既然出来了就四处走走。

我对阿南说：“你闻一闻，看看咱们周围有没有坏人的气息。放心，你妈我一定给你报仇！”

阿南听了这话似乎挺开心，蹦蹦跳跳地围着我转了一圈。

路过那家熟悉的咖啡厅时，我看见靠窗的位置坐着一对十八九岁的情侣。

女孩儿和大学时代的我一样，留着齐耳短发，笑容里带着羞怯，脸庞在咖啡厅柔和的光芒下显得更加动人，她小心翼翼地接过男孩儿送的围巾。

这个画面让我仿佛看到了当初的我和周汗南，只是我没有那么温柔娇羞，他更不会送我围巾。

“苏小姐，你怎么一个人在这里？”

听到声音，我收回视线，下意识地回头。

原来是陈铭睿。

换下了白大褂，一身休闲装的他没有医生的疏离感，似乎更加帅气了。

果然，人靠衣服马靠鞍。

我礼貌地笑笑："一个人在家无聊，带着阿南出来转转。"说话间，我低头看狗，狗却没在脚旁，"咦，阿南呢？"

话音刚落，我目光一扫，阿南的小尾巴却在陈铭睿的身后晃啊晃，和那只博美犬玩得正开心，完全忘了还有我这个主人。

陈铭睿显然也注意到了，笑容可掬地看着我："今天是七夕节呢，外面真热闹。"

"是……是啊。"我急忙撇开眼，心慌慌。

不知道是不是职业的缘故，身为兽医的他总是给人一种温和感，就像是陪着自己长大的邻家哥哥一般。

我对这种温柔又帅气的男孩子没什么抵抗力，所以只能躲避。

要是周汪南在这里，他肯定会板着冷冰冰的脸，无情又不留痕迹地戳穿我。

一想起周汪南，我就又爱又恨，欲罢不能。

不过突然想到，陈铭睿和他性别相同，又都长得帅，肯定能够搜刮到有价值的信息，我便问："你们男孩子都喜欢什么样的女生啊？"

他若有所思地望着我："大部分都喜欢漂亮的吧。你问这个做什么？”

这个答案好，简单粗暴有重点，完美地躲过了我身上所有的潜质，跟没说一样。

我尴尬地笑笑，睁眼说瞎话：“我们公司的策划请假了，有一个调查报告由我负责，所以我想找一些素材。那你觉得怎么追男孩子成功率会大一些？”

陈铭睿想了想：“应该是投其所好吧。”

投其所好？我恍然大悟，一把抓起他的手：“谢谢，谢谢，我明白了！阿南，走，回家！”

心里盘算着追男人的下一步，不知不觉就到了家门口，却惊奇地看见周汪南正用一副要去参加重大会议的严肃模样摁我家门铃。

估计是摁得太投入了，连我走到了他身边也没有发现，阿南十分不争气，直接扑了过去。

我唉声叹气，这狗没节操也不是一天两天了，一点都没有它主人的端庄大方。

周汪南看见我，表情舒缓了点，说：“我还以为你睡着了。”

他身着蓝色西装，离我很近。望着如漫画中走出来的男人，我的心脏再次扑通扑通狂跳起来。

稍微冷静了一下，我说：“没有，刚刚带着阿南出去逛了逛，你这是干什么去了？”

“录节目刚回来。给你打电话你怎么不接？”

“啊？”我急忙去摸衣兜，找了半天什么都没有，这才想起来出门时匆忙，抬头望着他苦笑，“忘拿手机了。”

周汪南干咳两声，用手摸了摸鼻子：“哦。”

阿南坐在旁边审视着我俩，气氛一度尴尬。

我说：“别傻站着了，反正孟清清也没回来，快点上我屋里来。”

周汪南茫然：“嗯？”

我有时候一着急或者紧张，就会不受控制地胡言乱语，就好像上次在派出所不小心把“警察叔叔”四个字带出来一样。

当反应过来刚刚的话像是对他做什么不可描述的邀请时，我恨不得咬断自己的舌头丢进垃圾桶——让你乱发音！

我懊恼不已，只得重新说：“我的意思是，外面太热了，进来坐会儿吧。”

周汪南看着我，忽然就笑了，眼睛弯弯的，让我想起了月牙糖。

等我回过神，他已经跨步进门。

我猛地拍了一下自己的脑袋，胡思乱想什么呢！

自打周汪南进了门，阿南的眼睛就没有落在我身上过。

我联想到“爱屋及乌”这个成语，看着他们一人一狗相处得不错，我心里十分舒畅。

记得刚刚学“爱屋及乌”这个成语时，我对它的字面理解就是，喜欢一个房子也顺带喜欢它房上的乌鸦。

后来老师的解释是，爱一个人而连带爱他房上的乌鸦。

我想了很久，觉得很没道理，毕竟这四个字里不包含“人”字，哪里能说是爱人呢？

只是自从无法控制地喜欢上周汪南后，我便开始追随着他的一切，深深体会到了爱屋及乌的意思，别说乌鸦了，就是他弄回一头狮子，我也喜欢。

我的意志就是如此不坚定，实在不敢想象沉睡的古人会怎么看我。

只是现在这样子看来，阿南是屋，我就只能祈祷自己是那只乌鸦了。

第六章
chapter six

又被踩了几脚

1

我坐在单人沙发上，看着周汪南认真地逗狗。第六感总是在旁敲侧击，虽然他这么多年虐我千万遍，可是架不住我仍旧愿意相信他。

于是，在第六感的怂恿下，我问周汪南他怎么突然就来了。

听到我的话，他把手缩回，注意力从阿南身上离开。他缓缓站起身，两手揣在西裤口袋里，表情十分桀骜不驯。

目光记录下他的一系列动作，我尽力抚平怦怦直跳的小心脏。

“录完节目闲得无聊，想到今天晚上你肯定在家没事做，就过来找阿南了。”

他这话说得轻描淡写，言简意赅，信息量却不少。

七夕节他闲得无聊，所以就认为我也没事做，却来找阿南？

抱歉，您这逻辑思维我实在是跟不上……

我换了个疑问：“刚刚还看你在电视里面，居然这么快就把节目录完了？”

他一边坐下一边说：“这话你应该去问导演。”

“也是啊……”我挠挠头，不知所措。

约莫几秒钟后，他突然来一句：“苏玖月，我有毒吗？”

“没有啊。”

“没有你坐那么远干什么？”

我牵强地找借口：“这不是……这不是看你长得高……怕你坐不开嘛……”

周汪南沉默了一会儿，眼睛直勾勾地望着前方：“你长得矮，别浪费那么大地方。”

“啊？哦……”

好不容易理解了他话里的意思，我压抑着跳动的心脏挪到长沙发上，下意识地和他隔开了还能再坐一个人的空隙。

人总是在不经意间明白一些过去没有办法理解的东西，比如说现在，我就深刻地理解到了什么叫作有贼心没贼胆。

以前总是臆想着变成女流氓，一有机会就把这个男人扑倒，但现在看来实在是有点……没什么！我承认我㞞。

屋子里的气氛一度尴尬，只有阿南还在没心没肺地跑来跳去。

人们说，把快乐分享给别人，就有了两个快乐，把忧愁分享给别人，就变成了一半的忧愁。

只是，遇到了像阿南这样只知道沉迷于男色的犬科，似乎没办法理解人类复杂的大脑，我的情绪分享不出去，这真是一件值得感慨的事。

气氛实在是太过于压抑，可是好不容易有条件在一起独处，当然不能放过这个机会。

所以，我脑子一转便打开了电视，准备找点声音营造一下气氛。

我兴致勃勃地对周汪南说："今天是七夕节，有很多不错的特别节目。刚刚看 ×× 卫视台放的音乐挺浪漫柔和，让人心静如水。你要相信一名摄影师对浪漫的鉴赏能力……"

这话还没说完，电视就已经跳到了那个台，紧接着在房间里安静氛围的烘托下，入耳一句深情款款而又激昂的歌声："我的老父亲，我最疼爱的人啊……"

周汪南惊："这就是你的鉴赏能力？"

我十分窘迫，手忙脚乱之下赶紧换了个节目。

真是饭可以乱吃，话不能乱说。

新换的电视台里播放着模特走秀，那群女模特身着时装很有范儿地走来走去，我不自觉地想起了陈铭睿说过的话——

追男孩子就要投其所好。

电视上的走秀让周汪南满脸疲倦，俗话说得好，外行看热闹，内行看门道。这种小秀对于一个模特来讲已经完全成了家常便饭，没什么新鲜感。

我试探性地问他：“周汪南，你说我去当模特好不好？”

一听这话，他立马精神了起来，带着鄙夷的目光上上下下打量了我一圈，说：“开开玩笑是挺好。”

我立马认真地抗议：“不不不，说真的，到时候咱们两个人都是模特了，就可以在一起交流经验什么的。多个人多条路，身为模特的你应该欢迎更多人加入这个行业呀。”

“别胡闹。”他突然绷起脸。

“我没胡闹。”

然后，周汪南盯着我看了很久。

他的眼睛会说话，大多时候带着一种探测不出的深意，疏离的气息让人猜不出他在想什么。

偶尔像是四月桃花，含着浅淡的笑意沁入人心。偶尔如同一匹狩猎的狼，锐利又敏感。

我和他接触的时间比较长。说白了，周汪南这个人不善于把表情挂在脸上，整天都是冷冰冰的，可是眼睛却能够泄露出他此刻的心境。

孟清清曾说，那些对周汪南表白的女生可能大多害怕被他冻成冰激凌，纷纷退下，而只有我在这逆天的冰冷中顽强进化成了北极熊。

正胡思乱想着，周汪南突然拿起了我手边的遥控器，直接关掉了电视。

原本八块腹肌的男模突然消失，屏幕上一片黑。我质问他："你干什么啊？"

他说："太吵。"

从这两个字来判断，初步鉴定他是生气了。

真是岂有此理，你关了我的电视，生气的不应该是我吗？

我心里窝火，却是敢怒不敢言，毕竟㞞也不是一天两天了，不差这一次。

这时候周汪南站起来整理衣服，阿南见状，突然跑过来在他的脚下撒欢，闻闻皮鞋咬咬裤角什么的。

我有点担心这样的亲昵突破了周汪南的承受范围，比如说一脚把阿南踢成哈士奇标本什么的，所以很想努力把它叫过来，用了半天劲才想起来这狗有了男色忘了娘的毛病。

周汪南居高临下地望着我。

这种他站着我坐着的状态加剧了两个人之间的身高差，让一个淑女很想骂街。

他说："天不早了，我先走了。"

我点头，除了一个"好"字，什么都不敢乱讲。

本心里当然希望他能够留下，可是我如果霸气地说"走什么走，今天就留在这里"，会不会被他误会而显得十分不矜持？

有了口不择言的前车之鉴，我还是乖乖闭嘴比较明智。

得到回应，周汪南略有深意地看了我一眼，然后头也不回地往门口走去。

他潇洒果断的身影让我想起了篡改徐志摩的那句诗：他挥一挥麻袋，不带走一棵白菜。

听着开门关门以及皮鞋和地面的碰触声，我的心似乎从制高点"嗖"的一下掉落下来，空荡荡的，甚至有点失望。

以至于在周汪南离开后的半个小时，我和阿南在这别人大喜的日子里，不约而同地开始惆怅。

孟清清过完节回来，全身散发着情侣专有的甜蜜，很贴心地带回了蛋糕。

我觉得我有必要表扬一下她，竟然没有在这乱花渐欲迷人眼的爱情里将我抛在脑后。

其实，无论发生的事情让人多么失望，总有一些东西必须守住。我做人的底线和原则就是四个字：不能饿着。

估计是我狼吞虎咽的样子太吓人，孟清清露出一脸匪夷所思的表情："苏玖月，你不会今天晚上没踏出这个沙发半步吧？"

我用力咽下一口蛋糕回答："踏了，都踏到大街上去了。"

"不敢相信啊，那你怎么跟饿死鬼投胎似的？"

"我说我忘了吃饭你信吗？"

她没说话，用一种"你行，你真行"的眼神与我进行了心灵上的沟通，然后就起身给阿南准备吃的去了。

吃饱喝足之后，我倚在沙发上，认真地征求孟清清的意见："你觉得我去当模特怎么样？"

"什么？"某杂志顿时被她掀翻在地，"你疯了？"

我不动声色地把杂志捡起来，一边胡乱翻着一边解释："今天出门碰到陈铭睿了，他说追男孩子就是要投其所好，周汪南的所好不就是当模特吗？"

孟清清俨然一个过来人，摇着头苦笑："你错了，过分迎合对方，只会让你在这场角逐中失去自我，他也会变本加厉地骄傲下去。其实喜欢一个人，最根本的就是要接受对方的本性，你真的没必要。”

孟清清的这番话让我想了一个晚上。

她说得对，如果最后我连本真的自己都留不住了，还有什么资格去抓住周汪南呢？

只希望，这一次，他的脚步能够慢些，好让我跟上。

2

这个周末，公司掏腰包组织员工去爬山。

对于这种又累脑又累心的活动，我原本是不打算参加的，毕竟大学时组团旅游的不堪回忆至今还历历在目。

可是架不住我耳根子软，在同事们一番软磨硬泡之下败下阵来。

只是，当周末起了个大早的我在目的地看到那个小山丘时，原本被激发的户外活动热情瞬间被泼了一盆冷水。

旁边的同事们也没有好到哪儿去，将背包放在地上席地而坐，一个个怨声载道：

“这哪里是山啊，郭主编选地方的时候走没走心？”

“就是，我儿子幼儿园做活动用的假山都比这高。”

“如果是王星光选的，那还情有可原。”

“唉，真是扫兴，你怎么不说话啊玖月？”

我正嚼着零食听得津津有味，话题突然从对老板的贬损转移到我身上，切入点太快，我一时间十分茫然。

这时候所有人的目光都落在我这儿，我急忙从背包里掏出糖果和薯片，放到他们面前，把手一摊：“我就带了这些。”

小李用一种不敢相信的眼神望着我瘪下去的背包：“苏玖月，你是来爬山的还是来开 Party 的？”

吃饱了才有力气爬山。

我成功地把大家的注意力转移到了吃上，偏偏这时候老郭来了，他拿着登山杖，大热天还穿着登山服和登山鞋，一副将军上战场豪情万丈的样子，雄赳赳气昂昂地走到我们跟前，训斥着：“都在这里围着吃东西干什么？怎么不去爬山？多参加参加户外活动，你看看你们现在的年轻人啊，真是一点积极性都没有，不比当年我们……”

他嘴里一边嘟囔一边往前走，我们强忍笑意听着他最后发出的感叹。

“这是山吗？王星光你怎么办事的？随便找了个土堆就来糊弄我，这个月的奖金别想要了！”

爬山活动临时改成了野餐，同事们欢声笑语、有说有笑，我的心却完全不在这儿。不知道是不是周汪南突然搬到我楼下的原因，最近我总是爱回忆过去那点事。

大三的时候，周汪南在校运动会上代表他们金融系夺得了男子400米和800米的冠军，学校的做事风格深得民心，一共给他们系发了5000块奖金。

这么多钱，大家伙商量着应该做什么，不知道谁来了一句“吃喝玩乐”，系主任在征求了大家的意见后，确定组团去游乐场。

我听说了这个事后，心想，这种既刺激又有趣的活动当然不能落下。再说，没了我全程保护周汪南，那些虎视眈眈的少女万一把他撕了可怎么办……

所以，我找到他们系主任好说歹说非要加入，然而她不同意，我就说我自己出费用，她还是不同意。

最后实在是没办法了，我一着急，便称自己是周汪南的女朋友。

系主任终于肯多看我几眼，她推了推鼻梁上的金丝眼镜，语重心长：“苏同学啊，现在你们都还处在青春期，是小种子开始萌芽的阶段。周同学长相好又优秀，还是我最棒的学生，你们都喜欢他我能理解。我也允许你去参加这一次的活动。只是苏同学，再怎么样你也不能对周同学的审美进行这么彻底的质疑啊……”

我也忘了自己是怎么走出主任办公室的，直到低着头迷迷糊糊地撞上了人。

我揉着硌疼的额角急忙道歉，心想谁的胸膛这么硬，一抬头却正好对上周汪南审视的目光。

看到他我更难过了，系主任的话就像是魔咒般在脑子里叫嚣，我匆匆说了句“对不起”便打算离开。

还没踏出第二步，周汪南一只手用力地攥在我的胳膊上，强行把我拖回到他面前。

我欲哭无泪地抗议：“你这是干吗啊？疼疼疼疼疼……放手放手。”

他终于肯放过我的胳膊，然后说：“走路不看路，你想什么呢？”

一听这话，我立马抬头，望着那张完美无缺的脸，痴痴地问了一句：“你这是在关心我吗？”

他别开脸：“你想多了。”

然后就帅气地走了。

周汪南是天生的模特身材，高高的个子，完美的体型，走路都带着股强大的气场。这样一看，系主任说的话也有些道理，我的确是在贬低他的审美观。

去游乐场的早上，我准备了充足的水和食物，把背包塞得满满的，孟清清说：“你这是去逃难啊，还是去游玩啊？”

经她这么一提醒，我也觉得有点多了，便把所有东西都倒了出来，打算重新分分类，后来我又发现，好像所有东西都有用，又全都装了进去。

来来回回折腾就浪费了很多时间，所以在我收拾完后还没来得及吃早饭，便急匆匆出了宿舍楼一路狂奔。

周汪南在车旁边站着，我见状快速地冲了过去，由于背包太沉再加上惯性，我没找到适合的停止点，一个趔趄扑向前方。

马上就要和车身来个高难度深情之吻时，多亏周汪南眼疾手快地扶住了我，不然别人还以为我和这辆车是什么多年未见的亲朋好友。

好在这个小插曲微不足道，很快便过去了。我坐在靠窗的位置看风景，周汪南坐在我旁边。

一开始我非要坐外面那个位置，他却以我坐在外面容易搅得全车人不得安宁为由，不顾当事人的抗议把我塞在了里面。

可能我有受虐倾向，心里居然美滋滋的。

柳舒舒就坐在我俩的后面，也是靠外面的位置，她时不时地叫周汪南，都是些小到不能再小的事情。

比如说，她令人讨厌的水杯盖几次三番吸住了拧不开，这时候就娇滴滴地问：“周同学，我拧不开，你能帮我打开吗？”

周汪南就会温柔体贴地偏过身子去帮忙。

经过了元旦晚会钢琴事件的教训，我拼命地告诫自己一定要冷静，像我这种纯良女一号千万不能做出恶毒女二号的事情，更不能在众目睽睽之下做出有辱修养的行为落人话柄，例如直接拿起不锈钢水杯倒出热水，让她精致的妆容瞬间脱个稀巴烂什么的……

如果她一次两次需要帮忙也就算了，我也不是个小气的人，偏偏柳舒舒就是故意的。

当她再次宛如待采撷的白莲花般将一份有关茶道的报告举过来问周汪南“人为什么要喝茶”时，我看着两个人同样犯难的神情，插话：“这不简单吗？因为渴啊。”

说完，我顺势从书包里抽出一瓶冰红茶咕咚咕咚下肚，喝完了却发现四周的人都用看异类的眼神看着我。

没错呀，喝茶不就是因为渴吗？

周汪南的目光略有意味，他也盯着我，这让我更加心虚。

柳舒舒直接当我不存在，又说了一堆让人听不懂的套话，只有最后的那句我听清了。她说：“周同学，这个问题怎么回答才能让人挑不出毛病，又能够反映如今茶馆的现状？”

我正苦恼着自己的破坏计划以失败而告终，周汪南却突然说了一句：“因为渴。”然后回过头来，摸起那还剩了半瓶的冰红茶，拧开盖把剩下的半瓶喝了下去。

我讶异，这是我喝过的啊……

看着周汪南滚动的喉结，我觉得脸烫烫的，直接别过头看向窗外，心想，待会儿得让他赔给我一瓶。

3

旅途中虽然有点插曲，但好在没有影响大家去游乐场的兴致。

一路上，我既兴奋又不安。就好像小时候过年，我妈早早给我买了新裙子放起来，我想要立马穿上，却又怕弄脏了挨骂。

虽然这个比喻很不恰当，可是旁边坐着闭目养神的周汪南，我实在是发挥不了其他的想象力来形容当时的心情。

很快，游乐场到了。

一下车，所有人都跟撒了欢似的跑下去，领了门票三五成群地进场。

金融系里，除了周汪南，我跟谁都不熟，所以我早已经铁了心，从头到尾，必须跟着他。

谁知道周汪南这人特别没意思，除了坐着喝水就是站着喝水。我仰望着旋转的巨大摩天轮，听着耳边人群的尖叫，突然想起了上一次在小说里看的，什么必须和喜欢的人坐一次摩天轮，叫什么有关摩天轮的爱情。

我也记不太清了，总之就是很好的意思。

我是一个很世俗的人，不管什么事情都半信半疑，就算你告诉我这个世界上有头长在脚心的人形怪物，我也会点点头说是的。

所以，我直接向周汪南提出了要一起坐摩天轮的想法，并且将刚刚那句话编成了感人肺腑的爱情故事。

周汪南抽着嘴角，看向一把鼻涕一把泪的我："你不就是想要坐摩天轮吗？不至于这么认真吧？"

我没说话，抽噎着望着他。

他躲避掉我好不容易装出来的可怜兮兮样儿，无奈地说："我吃点东西，一会儿就陪你去。"

"你要是说话不算数怎么办？"

他想了想。

"那我就请你吃一个月的早餐。"

老实说，当听到周汪南愿意用一个月的早餐作为食言的补偿时，我真的特别希望他能够意识到刚刚的决定是错误的。

我悻悻地说："其实摩天轮和吃饭也是可以协商一下的。"

他突然瞪我，我心慌，急忙改口："嘿嘿，开个玩笑。"

摩天轮转完最后一圈停下来，我看向周汪南。他站起身，领着我走到了存物柜，伸出手：“把你的包给我。”

我递过去。

周汪南说：“苏玖月你包里不会放了块铁吧？”

我想了想：“上回确实把一块吸铁石扔里面忘拿出来了。”

他把我俩的东西放在了存物柜上，从服务小哥那里接过了钥匙。

我心想我也不能什么都不做啊，便自告奋勇地让他把钥匙交给我。

其实这样做的根本目的是，我害怕一会儿摩天轮转起来会让我头晕目眩找不到北，万一周汪南嫌丢人直接把我扔了，最起码有钥匙作为威胁。

只是我的请求遭到了他的无情拒绝，说我：“你自己能保管好自己就是万幸，钥匙挺无辜的。”

旁边的服务小哥看不下去了，看着我俩打趣道：“一看就不会谈恋爱，这样说话你的女朋友会有意见的，是吧小美女？”

虽然这小哥看起来比我大不了几岁，但是看人却火眼金睛真诚得很。

就冲他打心眼里说出的实话，身为周汪南女朋友和小美女的我，也得好好给他这个面子。

只是我还没来得及点头，周汪南便抢过了话，语气似乎是在威胁：

“你有意见吗苏玖月？”

“我……”他们两个明争暗斗扯上别人不太好吧……

夹缝中求生存，犹豫一下后，出于谁也不得罪的立场，我轻轻说了三个字：“不敢提。”

他们两个的表情没有丝毫化解开的意思。

这种一不小心就偏秤砣的事情真难做！

我深深地感到愧疚，因为这个回答受到了暴力压迫，实在是有违初心，对不起服务小哥那女朋友和小美女的称呼。

当周汪南和我坐在摩天轮狭小的空间里时，他扑面而来的气息让我局促不安，不停地抓着耳朵。

没过多久，摩天轮开始缓缓转动。脱离地球表面正常运行的感觉让人太过于恐慌，再加上心原本跳得就快，我便下意识地抓住了周汪南的衣袖，渴望找点平衡。

就这样，紧绷的神经带着我坐完了梦寐以求的摩天轮，却没有感受到丝毫快意。下来后，我头晕目眩，周汪南的衣袖已经被我拽出了褶皱。

他显然也注意到了，等了好几秒钟迟迟没听到嘲笑，我便纳罕地看向他说不好意思。

服务小哥看我俩下来，笑着问：“感觉怎么样？”

我哭丧着脸说：“感觉太好了。”

周汪南赶紧圆场：“她就是有点累。”说完带着我匆匆离开。

这里我要解释一下，我的本意是想笑着和服务小哥说话，但是长时间的折磨已经完全让面部肌肉失去控制，所以笑脸变成了哭丧脸。

当时我觉得，老天爷可能看我活得太撒欢，想让我变成面瘫。

回忆突然袭来又突然溜走，我有点头皮发麻，捞起一袋薯片嚼啊嚼，继续听着同事们在一起八卦。

小李正在讲她的笑话。

小李这个人也是挺奇葩的，爱讲笑话当然挺好。关键是人都有疲劳期，如果你一个笑话连续听了两个星期还能笑得出来，那就是神人。

可是小李能，小李不但自己享受其中，而且津津有味乐此不疲地讲给别人听，我曾经算过，她平均半个月换一次笑话。

时间久了，同事们没人搭理这茬儿，不过公司里最近来了个新人小周，终于到了小李大显身手的时候。

小李：“青蛙为什么会飞？”

小周：“不知道，为什么？”

小李：“因为青蛙吃了神奇小药丸。那蛇为什么会飞？”

小周：“不知道，为什么？”

小李："因为蛇吃了青蛙。那老鹰为什么会飞？"

小周："因为老鹰吃了蛇。"

小李："哈哈哈哈，老鹰本来就会飞。"

小周闻言，只能尴尬地堆笑。

没过一会儿，小李又对小周说："你想不想听笑话，青蛙为什么……"

这时候，旁边的会计孙姐突然冒出一句："哎，你们大家都看今天的头条新闻了吗？"

众人皆摇头，表示起得太早，还没来得及看。

和我一样。

孙姐又继续说："今天新闻上刷得最火的，就是模特周汪南和柳舒舒的绯闻，据说是在一起吃饭逛街被偷拍了，也不知道是真的还是……"

我脑子里轰的一声，仿佛什么东西猛然间炸开了，扔掉零食袋，一门心思都在那句话上，直接扑了过去，强行夺下孙姐的手机。

新闻标题赫然标注着：当红男女模特亲密出行，亲昵动作疑似恋情坐实。

我往下滑，看着一男一女挽着手臂逛街和面对面吃西餐的照片，十分确定那两个人就是周汪南和柳舒舒。

我想，如果这是我的手机，现在怕是已经粉身碎骨了。

脑袋忽然涌上去的血慢慢退去，晕乎乎的感觉也逐渐消失。同事说话的声音传入听觉神经，她们问我怎么了。

我摇摇头，打算勉强笑笑告诉他们没事，却没想到面部肌肉轻轻一动，笑就变成了哭，眼泪噼里啪啦地往下掉，像断了线的珠子。

这个比喻虽然很俗气，但是也最真实。

旁边人急忙安慰，说玖月你别哭呀，我们可没见过你哭。

有人猜测是因为周汪南，便劝我放宽心，可以找个更好的。

可她怎么会知道，我过去追着周汪南跑了四年，在我眼里只有他最好。

可是我最好的他，最终还是和别人牵了手吃了饭；我最好的他，最终还是抛弃了我；我最好的他，最终还是成了别人的阳光。

我担心其他人会受不了他的毒舌，我担心其他人不会每天陪他跑步，我担心其他人会不喜欢狗，我担心其他人会不知道他海鲜过敏，我还担心其他人不知道他喜欢吃咸，我更担心柳舒舒也会把眼泪和鼻涕抹在他身上。

可是我现在无论怎么担心又有什么用呢？

重蹈覆辙的结果，原来只不过是再次跌倒在同一个地方，甚至比上次摔得还要惨，而且在我还没爬起来前，就被人狠狠地朝着脸上踩了几脚。

好疼，心好疼，疼得喘不过气，我怀疑自己是不是要心脏病突发而死了。

旁边的小李皱着眉头问我：“你没事吧？”

听到这话，我终于再也憋不住了，不顾形象地咧着嘴号啕大哭，一边抽噎一边断断续续地喊着：“没事，我真的没事，一点事也没有……”

第七章
chapter seven

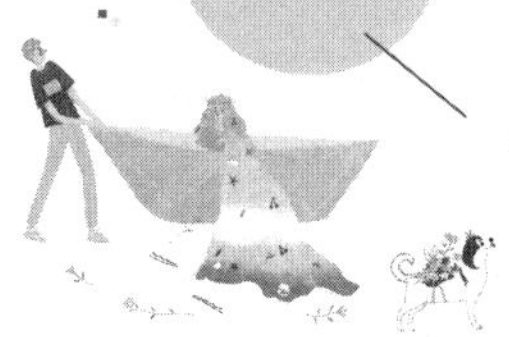

忍字头上一把刀

1

不知道你们上学的时候，身边有没有这样一个角色。

她完美得无可挑剔，长相好，学习好，说话娇滴滴，让人听了心痒痒，还被一大群男孩子所追逐。

柳舒舒就是如上所述的存在。

新生入校，金融系进行舞台剧表演，作为学姐的她扮演白毛女，穿着上红下绿的花褂子，扎着两条麻花辫，额头上耷着三毛一般的刘海。

可是即便如此也遮挡不住她的美貌。

我在一旁看着他们排练，想象着这造型搁在其他人身上该是多么惨不忍睹，比如我套上这副装扮，整个就是破了相的人参娃娃。

后来白毛女头发变白，夸张的假发戴在她的头上居然有一种别样的美感，就好像电视剧里的仙子。

我偏过身子，低声对孟清清说："果然，再不忍直视的造型也能被美貌所征服啊。"

她似乎觉得这话有道理，赞同地点头。

从排练厅里出来，终于没有了那么昏暗的光线，我抬头看着太阳，感慨："天哪，赐我一张柳舒舒般的脸吧！"

见老天爷不为所动，我降低要求："一半也行啊。"

孟清清说："你就别想了。人家在前面跑得再快，身后还有一大帮人追着。而你，只有追着别人跑的份儿。"

她这话说完，我的脑子里立马浮现出一大群奔跑的野马，踏着风，从无垠的大草原上呼啸而过，疯狂地追逐着最前方——那只领头的红鬃烈马。

红鬃烈马脚步风驰电掣，带着柳舒舒那张脸高傲地回过头看了一眼，吓得我差点问候我妈妈她老人家。

突如其来的想象力让我哭笑不得。

孟清清这人缺乏社会的"毒打"，总是哪壶不开提哪壶，她说：

“我可不止一次看见周汪南和柳舒舒在一起了啊，你可小心点，万一守了那么长时间的肉被别人吞了，哭都来不及。”

我尝试转移话题：“减肥呢，不吃肉。”

她停下脚步，用鄙夷的眼神看着我，干笑两声扬长而去。

孟清清的话不无道理。

柳舒舒和周汪南都是金融系的风云人物，还经常在一起讨论问题，单是我就撞见他们好几次了，所谓近水楼台先得月，真害怕这句话成为现实。

可是我又没有理由让周汪南离她远一点，只能拼命地往自己肚子里憋气。

突然，回忆中断，孟清清突如其来的大嗓门吓得我又把气吐了出来——

“苏玖月，你还要在家装死到什么时候？”

又来了。

我烦躁地用被子蒙上头，随手摸了一袋薯片嘎嘣嘎嘣地嚼，这样一来就听不清其他声音，然后和外面断绝联系。

没想到还是失算了，孟清清仿佛料到了我这招儿，突然开始用力砸门，巨大的声音震耳欲聋，感觉房顶都快被她拆了。

迫于无奈，我怒吼：“你到底有完没完啊？”

“没完！苏玖月，我本以为你是个开朗乐观积极向上的人，没想到这么点挫折就受不住了。失恋算什么，又不是失身。再说了，你又不是没经历过，不应该学得更强大吗？我告诉你苏玖月，你今天要是不出来，我就把天给你敲个窟窿！”

我毕竟不是女娲，没有补天用的彩石。所以为了阻止孟清清干这种大逆不道的事情，只好硬着头皮开门。

门拉开，她抬高的手臂举在半空中几秒，然后缓缓放下去，冷静地说：“你终于出洞了。”

阿南：“嗷呜……”

孟清清以为我还在忧伤，难得和我正儿八经地谈话，她语重心长地劝道：“其实没什么的玖月，失恋是一种常态，难受是人的情绪。你多找点开心的事情转移注意力，也许就好了呢。这么多年了，可能周汪南和你真不合适，不然早成了。你想想，是吧？”

我点头，唉声叹气。

“对啊，薯片和我的胃在一起的确不合适。现在对于好几顿饭没吃的我来说，是挺难受的。转移注意力的好办法就是找点东西让我吃下去。”

孟清清愣住，伸手一指：“门在那里，请自便。”

喂喂喂，你这是对失恋者的态度吗？

模特和明星一样都属于公众人物，稍微有点风吹草动，那些八卦便呼啸而来，大肆宣扬，而他们每个人的公关也会随时随地做好相应的防范。

我虽然没有当过模特，但是懂得起码的圈内流程。

绯闻刚刚出来时，我原本还抱着一颗“双方会澄清造谣”的心，可等了那么久，还是没有任何的正面回应，也算是默认了。

很多事情来得快去得也快，吃饱喝足之后我拍拍屁股，准备带着阿南去陈铭睿那里洗澡。

对此，被我打击到的孟清清同志一再表示，她千算万算，仍旧高估了我。

这话说得可不对，要是失恋后都有我这种胸怀，哪还有那么多因爱生恨而酿成的惨剧？我这可是世界和平的心态，将来是要用来征服世界的！

孟清清不屑：“别为你的没心没肺找借口，除了吃你还会什么？”

这人说话真不负责任，我说：“你难道不吃东西的？”

她义正词严地表示没我吃得多。

我笑：“呵，那你可能忘了当初火锅的事情。”

大三某天，我和这位假正经的孟同学一起去食堂吃饭。半路上，眼尖的我看到了闪闪发光的金色物体，便过去捡了起来，没想到是五毛钱。孟清清见状惊喜交加，她说“哇，苏玖月你运气真不错”，然后为了纪念这不错的运气，她成功吃掉了我二百多块钱的火锅。

真实的事件摆在眼前，孟清清无话可说，甚至还有点心虚。趁着她失神的机会，我悄悄溜了出去。

宠物店今天不忙，到了那儿，陈铭睿就直接给阿南洗澡。

我原本打算坐着休息的，但是一安静下来心情就变得十分压抑。所以我干脆和他一起为阿南服务去了。

洗澡结束之后，陈铭睿看了看时间，说：“要不我陪你出去走走？”

突如其来的疑问句让我手足无措，瞬间开始在脑子里徘徊被邀请的各种可能性。

该不会是因为这几天没怎么吃东西，身材苗条了？正在心里雀跃着，然后我就看到了镜子里的自己。

生活处处是打击。

从小区里出来，已经换上便装的陈铭睿微笑着问：“坐车出去还是散散步？”

我说都行。

他看了看阿南，又看了看我，说：“那就散步吧，你好像心情不太好。”

岂止是不太好，简直是糟糕透了。我把话埋在心里没往外说，只轻轻点头。

他又问："能告诉我发生了什么吗？"

我这人对于感情的事情不喜欢大肆宣扬，除非有人蓄意进行抨击。而且我这人还有一个毛病，那就是不喜欢回忆难过的事情。

所以，当然是委婉地拒绝。

不知不觉我们已经走出了公寓，旁边的商铺里正在放着音乐，是张信哲的《爱如潮水》，我过去十分喜欢这首歌。

因为这里面有句歌词，准确又生动地表达了我想对某个人说的话。

曾经在舍友的怂恿下，我拦住赶去上课的周汪南，拿出专业歌手深情款款的样子，含情脉脉地冲他唱："我的爱如潮水，爱如潮水将我向你推……推……推……"

然后，他被我逼到了墙角。

再然后，周汪南一只手扶着我的脑门儿往外推，说是不让神经病再靠近。

现在回想起来，我还真是他的脑残粉。因为被他那么一碰，我很长时间都没舍得洗额头。

这时候，旁边的陈铭睿突然问我要不要吃冰激凌。

我放眼望去，不远处有冰激凌店，可是那队伍排得像龙的传人，瞬间就失去了心情，说还是算了吧。

此刻耳边的音乐还在响着："答应我你从此不在深夜里买醉（排队）……"

听错歌词这种事情，经历得多了，也就无所谓了。

还记得小时候有一首歌是这么唱的："我们坐在高高的谷堆（骨堆）旁边……"

毛骨悚然。

2

这世界上最痛苦的事情就是永远都猜不到自身的倒霉程度，我便如此。

几天前，郭主编打来电话，以社会主义核心价值观为由，要我践行摄影师的价值。他说上次为周汪南拍摄的写真效果非常好，所以这次还要麻烦我为周汪南和柳舒舒拍摄一组情侣写真。

我气得半死，心中默念了几声阿弥陀佛不知者无罪，然后向他表示确实够麻烦的，要不然你换个人？

老郭直言："我在考虑下个月的奖金归谁。"

一听这话，我脑子里两个小人突然就打起来了，最后那个叫“去就去谁怕谁”的小人说，不至于和钱过不去呀。

这句话好有道理，所以我没有再想就应下了。

既然已经没了爱情，那为什么不能选择面包。

我是一个讲诚信的人，所以在我答应下老郭之后，即便后悔也打死都不推辞。

孟清清在得知这件事后哈哈大笑，无情地对我进行讽刺：“哈哈哈哈哈……给他俩拍摄情侣写真，哈哈哈……苏玖月，看来我还是低估你了。你这世界和平的心态真是空前绝后，世上独此一家啊，哈哈哈……”

我拿手里的书砸她：“闭嘴！快帮我想想怎么面对他俩。”

她还是笑个不停：“哈哈哈……你就用你世界和平岁月静好的心态面对啊，哈哈哈……”

我又摸起了另一本书投过去，孟清清总算是严肃了下来。

她说：“该怎么面对怎么面对，柳舒舒又不是不知道你和周汪南之间的纠葛。我跟你说，过去的苏玖月已经被柳舒舒碾压了，如今就算是输了男人，你也不能输气势！”

看来孟清清狗嘴里是吐不出象牙了。

我绝望地窝在沙发里，朝她伸手，让她把刚刚的两本书给我。

孟清清一边递过来，一边读出书名："《道德经》和《荤菜食谱》？你没病吧？"

我说："我当然没病，读这两本书只是为了告诉他们，老子不是吃素的。"

不过好在只是拍摄一组简单的情侣照，任务几天就可以结束。

要是和上次一样，耗费整月的时间拍摄出版写真，我们三个之间肯定会有人为国家的医疗事业做出贡献。

周汪南和柳舒舒就像天生的一对。

大概是男女朋友的关系，不管什么造型，他俩都配合得特别好，全身心注入感情，省了策划和摄影许多事。

呵，谁稀罕。

让我记忆深刻的一场拍摄是在海边，柳舒舒穿着飘逸的酒红色长裙，整个人挂在周汪南脖子上，上半身向后倾斜，纤细的腰背弯出性感的弧度，长发在海风的吹拂中肆意飞舞。而周汪南则一手托住她，一手举着红酒杯，低下头似乎要在她的脖子上落吻。

如此美好的场景，到了我的眼里怎么看都觉得像是吸血鬼骑士。

尤其是周汪南那两个虎牙，让人不自觉地在脑子里编织了一出他吸完血用红酒漱口的大戏。

至于我为什么对这场记忆深刻，除了很具有禁欲风，最重要的原因是这个创意来自当事人周汪南。

几天的工作很快就过去，不知道是不是长期追随周汪南的病根犯了，我总觉得这段时间里，他似乎有话要对我说。但是每当情侣照拍摄起来，他和柳舒舒亲昵的动作和眼神又让我瞬间清醒。

身为周汪南的前追求者，面对两位刚刚坠入爱河的小情侣，应自觉遵守礼让避嫌的前女友规则。

暂且这么说吧，虽然我俩并没有真正地在一起过。

而柳舒舒却比我想象中大方许多，刚见面她就自来熟地握住我的手，丝毫没有大模特的架子。

“哎呀，这不是玖月吗？这么久不见，越来越漂亮了啊。听说你是这次的摄影师，真是太好了，没想到我们毕业了还能再重逢。”

我总不能显得太小气，客气地堆笑：“是啊是啊，有缘有缘。”

她的手很有劲，一点都不像表面上的风情万种。

我怀疑柳舒舒是想要捏死我，然后名正言顺地霸占周汪南。

平时拍摄工作结束，她也会和我聊天聊地说八卦，什么二胖娶了艺术系的美女，三娃生意做到了海外，身为男孩子却爱哭的大鼻子已经有了小鼻子……

不仅如此，柳舒舒还有着很魔性的笑声，动不动就能听到她放开嗓子：“哇哈哈哈……”

总体来讲，这人大大咧咧豪气爽快的性格，和似水柔情温婉大方的外表完全不符。

这不，工作彻底结束之后，柳舒舒以“老同学好不容易聚在一起齐心协力”为由，硬是拉着我和周汪南去吃饭庆祝。

我开始深深地赞叹自己这张无危险系数的脸，得多么圣母才能让她如此宽容大度啊。

大概柳舒舒最后实在受不了我的推辞，瞬间变成小女人，带着撒娇的语气：“去嘛去嘛，你不去就是不给我这个面子嘛。”

我对她的人格转换佩服得五体投地，无奈地看向周汪南：你女朋友这样子你知道吗？

他眼里也满是震惊，继而轻咳了一声，借口去开车匆匆逃离现场。

这样一来就剩我和柳舒舒两人了。

我怕她还有什么令人大跌眼镜的下一招，赶紧点点头答应。

周汪南开车带我俩去了西餐厅，刚刚坐下，服务员便拿着菜单过来，问我们需要点什么。

柳舒舒说她要半份牛排就好，我惊呼：“你吃得饱吗？”

她耸耸肩：“只要饿不死就行，为了保持身材必须少吃。”

可是毕竟民以食为天，对于他们这个行业的不容易，我诚挚地表示同情。

饭吃到一半，柳舒舒极少的粮食便已经消灭干净。她看了看手机又看了看我和周汪南，笑着说：“你们俩先吃，经纪人有急事找我，先走了。”

“哎哎哎……”见状，我扔下叉子，急忙叫住她，“你不把你男朋友带走啊？”

柳舒舒愣住，再次看了看周汪南，尴尬地笑。

“没事，你吃完了让他送你回去就行，反正你俩住得那么近。”

话说完，还没有等我反应过来，人已经走了。

天哪，这现任女朋友也太大方了，这才是世界和平的典范，回去一定要告诉孟清清。

不过孟清清最近休假和男朋友一起回老家了，也不知多久才能回来。

没有了柳舒舒，我和周汪南之间的气氛更加诡异，谁都不肯说话，只顾着低头吃东西，空气似乎都凝结了。

吃完饭之后，他结了账捎带我回家。

坐在后座，我能够感受到从他身上散发出来的冷漠因子四处飘扬，仿佛车内的气压都降低了。

狭小的空间更加具有压迫感。

直至车子缓缓行驶进车库，彻底平稳地停下来，迷迷糊糊的我这才意识到已经到家了。

车库外面漆黑一片，我强忍着恐惧，打开车门，对周汪南表示感谢：“谢谢你带我回来，我先走了。”

他将手搭在方向盘上没说话。

此种态度对我而言早已司空见惯，所以根本没必要较真，我直接下了车往家走。

真搞不懂他脑子里怎么想的，整天冷着脸就像别人欠他钱一样，万一柳舒舒受不了这种脾气分手怎么办？到时候周汪南肯定伤心欲绝，伤心欲绝怎么办？要不要去给他个安慰？

一边这样想着一边上楼，不知不觉中，我便走到了家门口。

反应过来后，我用力拍了拍自己的脑袋，都装了些什么乱七八糟的东西！

“苏玖月！”

这时候背后突然传来周汪南的声音，吓得我险些把包扔了。

用力抚平可怜的心脏，我哀怨道：“你走路怎么没有声音啊，吓死人了，要是神经衰弱的人跟你在一起久……唔……”

他猛然低下头，吻上了我。

事后回忆起来，当时我好像还挣扎了几下，可是架不住周汪南力气大，他两手捉住我乱动的手腕直接将我抵在了门板上。

后背真疼。

3

我不记得他是怎么放开我的了。

当时，我被吻得晕晕乎乎进了门，还没有想明白刚刚到底发生了什么，就看见阿南横躺在地上痛苦地呜咽。

那眼神着实太可怜，我心里咯噔一下子，急忙跑过去。

阿南平时活泼好动，每当我和孟清清回来，它总是蹦啊跳啊地往我俩身上蹭，今天这副病恹恹的状态实在是反常。我摸着它的头问怎么了，它的眼睛里充满了祈求和痛苦，从鼻子里挤出哀怨的叫声。

我说："阿南你是不是不舒服啊？"然后试图将它抱起来，可是还没来得及抱，它的嘴里便开始吐白沫。

见到这场景，我吓得差点哭出来，偏偏这时候孟清清还不在家，情急之下，我直接给周汪南打电话求救。

"周汪南，周汪南，我家狗刚刚吐白沫了，怎么办啊怎么办啊？"

电话那头一听，似乎也沉不住气了，他扔下一句"在家等着我"便匆匆挂掉电话。

很快周汪南就来了，进门第一句话就问："狗呢？"

我哭丧着脸说在阳台。

他直接快步跑过去。

有了他的帮助，形单影只的我不知道为什么突然有了一种莫名的安全感，就好像海上四处漂泊的小船有了方向。

很快，阿南被送到了陈铭睿那里。原本是打算去大型宠物医院的，但是周汪南说怕时间已经来不及了，便直接让陈铭睿想想办法。

我们过去的时候陈铭睿正在打盹，当他看到阿南痛苦的样子时，似乎困意全无，忙活了一会儿，初步鉴定狗是食物中毒。

我急得要死，说："那可怎么办啊，我不能没有阿南！"

陈铭睿给我倒了杯热水，安慰我："别着急，先坐在一边冷静冷静，我以前学过动物急救，就算为了你也会努力救阿南。"

周汪南冷冷地提醒他："再拖下去狗就'含冤而死'了。"

我听到这话，险些把水杯打翻。

陈铭睿喂了阿南几粒白色药片，之后，阿南出现了呕吐症状，似乎把以前吃的东西都吐出来了。

我更害怕了，扑上去抱住身子抽搐的阿南，凶巴巴地质问陈铭睿到底给它吃了什么。

估计陈铭睿被我的样子吓到了，好久都没有回过神来。

这时候周汪南拉着我的胳膊，强行将我和阿南分开，说："你再等等。”

陈铭睿也表示刚刚给它吃的只是催吐的药，是为了把胃里的有毒食物吐出来。

两个人都这么劝我。

虽然实在不放心，但是我也应该懂得分寸，现在陈铭睿才是救阿南狗命的天使，我应该善待他。

时间一分一秒地过去，这期间陈铭睿不停地扒开阿南的眼皮检查，然后试体温，看舌苔。

临近凌晨一点，我强忍住困意，劝周汪南回去休息，阿南是我的狗，身边有我陪着就好了。毕竟他是一个模特，靠脸吃饭的，总不能让人家为了我打不起精神，继而影响明天的工作吧。

这种罪名我实在担待不起，尤其是喜欢他的那些迷妹，十分疯狂，这一次还好是和柳舒舒爆出绯闻，要是别的女人，恐怕会被撕成碎片。

不要太小瞧粉丝们的杀伤力。

就好比当年我喜欢看《一起来看流星雨》，十分喜欢慕容云海，喜欢到什么程度呢？打个比方，如果其他女孩子表示也喜欢慕容云海，那么我俩肯定做不成朋友。

所以那段时间我的大脑被这部剧所操控，整天做梦，我是楚雨荨，周汪南就是慕容云海，天生一对。

结果后来在第二部《一起又看流星雨》中，突然杀出个破坏力极强的女二号蒋媛，我便自动把她归为柳舒舒了。

只是现在一看，两个人的脾气像又不像，而且结局也不同。

故事中的蒋媛最后并没有和慕容云海在一起。

柳舒舒和蒋媛的故事让我明白，生活既是浪漫的偶像剧，又是现实的都市剧。

周汪南没听我的话，一直陪着我等啊等，等到我自己都快撑不住了，他还在盯着阿南看。

我怀疑阿南和他之间真的有什么不可告人的秘密，不然他怎么会露出一副亲生儿子病了的表情！

毕竟阿南是我的狗！

后半夜，大概三点钟，我的上眼皮和下眼皮正在打架，可是对阿南的担忧又让我不安。

这时候陈铭睿突然惊呼："好了！"

我猛然惊醒，看着晃晃悠悠可以走路的阿南，心中大喜，脑子的反应快人一步，直接过去抱住了它。

"太好了，太好了，太好了……"

没有什么比它回来更好的了。

等我从喜悦中冷静下来，周汪南正倚在门框上，交叠着胳膊，若有所思地注视着我。

有时候人的海马体会在一瞬间闪过电流，好比现在，他这眼神让我心虚，突然就想起了几个小时前的吻，脸有点热。

我万分感谢陈铭睿，夸赞他是动物们的白衣天使，并扬言让阿南认他做爹。

陈铭睿笑着说："好啊，只要你开心就行。"

我总觉得他这话里有话，可是大脑的疲惫不允许情商的发挥，所以也就只好笑笑。

我突然想起冷落了周汪南，赶紧过去道谢，至于谢什么——他好像除了把狗送过来其他事情也没帮上什么忙……

不过这也算是仗义相助了啊，武林江湖规矩，受人滴水之恩，当以涌泉相报。

我说："谢谢你啊周汪南，这么晚了，回去休息吧。"

他没说话，锐利的目光盯着我看了很久，让人心里发慌。

不说话就算了吧……我悻悻地走开。

没想到我刚转过身，周汪南就开口了，直戳重点——

"狗为什么会食物中毒？"

他目光清冷，就好像在场的每个人都有嫌疑一样。

明明我才是阿南的主人，却在与他对视的瞬间觉得心虚。我小声解释道："我一回家就看到它躺在地上了，平时吃的喝的都没有问题，而且一贯都是我亲自准备的。"

阿南趴在地上，哀号了几声，似乎听懂了我们说的话，想要表达什么。

周汪南突然对陈铭睿扔下一句"照顾好狗"，便强行拽着我的胳膊出门。

我吃了一惊，急忙问："你……你这是要干什么？"

他说："去案发现场看看。"

我说："看看当然没问题，但是你能不能别像拖行李箱一样拉着我。"

闻言，他终于松手。

周汪南的表达力虽然差强人意还很毒舌，但是行动力却足以让他站稳脚跟，比如大学时，别人还在讨论活动论文怎么写，他就已经交上去了并且受到表扬。

什么叫作差别？这就是人与人之间的差别。

在周汪南把我家里里外外研究了个遍后，最终在阳台找到了本次案件的蛛丝马迹。地上扔着好几块狗饼干，周汪南拿起来仔细瞅了很久，仿佛若有所思。

我一看有眉目了，便急忙过去瞧了瞧，直言："这不是我给阿南买的饼干。”

他突然回过头注视着我。

我说：“真的不是，我给阿南买的都是同一个牌子的。”

周汪南抬起头望向阳台落地窗，问：“你今天回来时就开着？”

“是啊，早上走得匆忙，忘了关。”

他用一种垂怜傻子的目光看了看我，然后大步走出去，紧接着开门关门的声音传来。

我收回思绪赶紧跟上。

第八章

chapter eight

煮熟的鸭子别飞

1

经过这一次阿南的中毒事件，我发现了周汪南身上的侦探潜质。也证明了我这么多年对他的追求并不仅仅只是因为外貌。周汪南摆在众人眼前的才华充分打倒了外界所言的靠脸吃饭。

这其中当然少不了插曲，尤其是本小区那个物业，我恨不得举起红旗对他们进行讨伐。

周汪南从我家出去，没有直接回宠物店，而是直接到了公寓管理处。我知道他想做什么，因为来的路上，我已经用好奇心死缠烂打地问了出来。

周汪南帮了我那么多忙，我也总不能让人觉得我很没用吧。

所以，当公寓的值班人员打开门，我便先周汪南一步走过去，和他进行交涉："你好，我是 3 单元 201 的租户，今天我的狗在自家被人投毒了，经过一番研究后，我们想到你这里查看监控，寻找投毒人的去向，以免更多狗狗受到伤害。"

那个物业听到这话没有表现出友好的态度，似乎很是狐疑，从头到脚打量着我，好像我才是居心不良的坏人。

看到这种情况，我下意识地寻求周汪南的帮助，毕竟他的那张脸偶尔拿出来刷刷还是挺管用的。

谁知道身后压根就没有他的影子！

这时候那物业说："小姐，您没有一定的真凭实据是不能给您放监控的，万一您就是那个想要偷狗的人呢？"

虽然我长得的确不怎么样，但是也没到危害公共治安的地步吧。

强忍住心中即将爆发的小火山，我用此时此刻最好的态度和他解释："我真的是 201 的租户，我的狗正在楼下那家宠物店，不信的话，你可以自己去证实。"

"不行的小姐，我们这里有规定，不能随便给外人调监控录像，您还是请回吧。"

“你这人怎么听不明白呢？我是 201 的租户，我的狗中毒了，所以我来调监控是找坏人的！”

“小姐，真不行，我们这里不能给你放监控，您还是想想别的办法吧。”

“你……”

……

几个回合争吵下来，双方僵在了那里。

我纳罕自己怎么就遇见这么个奇葩，大半夜来这里找罪受。心中气不过，正思考着要不要动手打一架，这时候周汪南进门了。

他仿佛察觉到了空气中弥漫的硝烟，看着我，问：“怎么了？”

我说没事，然后恶狠狠地瞪向那个物业，如同小人得志一般道：“看见了吧，这可是大模特周汪南，他可以证明我的身份，也能证明我家狗中毒。”

物业说：“不认识。”

我：“……”

周汪南突然上前一步，把我挡在身后，从蓝色西服的上衣口袋里拿出一沓纸，递到那人面前。

我惊讶地看着他：“你去准备材料为什么不提前和我说一声？”

他的回答轻描淡写：“你跑得太快。”

然后，他又回过头对物业说："我是 3 单元 101 的业主，今天楼上 201 出现了狗狗投毒事件，我怀疑你们这个公寓十分不安全，所以如果今天没有一个合理的说法，我会搬离甚至起诉你们。"

物业一听，脸色立马变了："原来您是业主啊，快请坐。这件事情是我们的失职，有事情好商量，您说怎么解决咱们就怎么解决。"

刚刚我还在敬佩此人的三寸不烂之舌，任凭我怎么说都不为所动。现在看来，却像极了皇帝身边狗仗人势的宦官。

我没骂人，我只是进行了生动具体的比喻。

原来租户和业主之间是有差别的，这种残酷的现实才让我想要骂人。

后来，在监控里发现，投毒的偷狗贼居然还是当初差点绑走阿南的人。他们仿佛有目标一样，在我家附近徘徊了很久，然后从开着的窗户里投进了毒饼干。

看到这里，我恨不得上去把电脑砸了。

而周汪南似乎比我还要愤恨，全程黑脸，偏偏物业还喋喋不休地道歉："周先生啊，您看真是不好意思，刚刚这位小姐跟我说的时候我还没在意，现在真是觉得对不起，您看看公寓这边就我一个人，我真的是……"

周汪南握着鼠标的手停住，冷冷地说："能不能闭嘴？"

干得漂亮。

之后，收集到了相关的证据，周汪南果断报了警。

这大半夜的一番折腾之后，第二天的我已经完全没有精力去上班。阿南的状态逐渐好转，吃饱喝足之后依旧生龙活虎，让我十分感谢陈铭睿，也让我对之前并不友好的态度感到愧疚。

为了防止更多的狗狗惨遭毒手，我登上了论坛，发了帖子，说明了这件事情的始末，请大家保护好自己的爱犬。

没过一会儿，电脑的提示音响个不停，评论的帖子多得让人出乎意料。

【大雨倾盆】：转发并评论，现在的偷狗贼真是无法无天，都跑到别人家里去了。

【回头的瞬间】：评论，小姐姐以后一定要记得关上阳台的落地窗哦，很危险的。

【动物保护协会李素芳】：转发并评论，抵制伤害，爱护犬类。

【萌系宠物店陈铭睿】：转发并评论，感谢信任，希望世界上永远不再有居心叵测之人。

……

诸如此类，许许多多，让我记忆深刻的是18楼一个ID“帅到没朋友”的人，他的评论简直就是一股泥石流：“楼主心太大，出去上班不关阳台的窗户，家里还没人。一个女孩子自己在家实在太危险。不过可以看出，楼主很爱自己的狗。”

我叹了口气，这件事情真的是我的责任。如果不是我粗心大意地忘记……

叮咚——门铃声突然响起打断了我长篇大论的反省。

我放下心里的包袱，跑过去开门一看，居然是周汪南，他手里还提着一个袋子。

我问：“你怎么来了？”

“我来看看阿南。”

“哦……那……那进来吧。”我又把门拉开一点，等他进门后喊道，“阿南，快出来，你周叔叔来看你了。”

周汪南似乎认准了我家的长沙发，每次来都坐在同一个位置，看着一人一狗的和谐画面，我突然觉得很对不起柳舒舒。

柳舒舒并不是我想象中的心机女孩，相反，和她相处起来十分融洽。只是从昨晚到现在，我和周汪南之间发生的事情让我违背了前女友规则，有种做坏事的心虚。

想我苏家历代光明磊落，我爸苏先生还是一名优秀的人民教师，到了我这里，却成了人人讨伐的第三者。

如果让他们二老知道了，恐怕我的腿需要浪费医院一些石膏。

最该死的是，望着沙发上的男人，又让人想起了那个吻，脸开始发烫。

从小到大，我唯一喜欢过的人就是周汪南。可是整个大学期间，他都是冷冰冰的，一副清心寡欲的样子。就算我受到了孟清清蜻蜓点水送初吻的教育，也还是有贼心没贼胆。所以这青春荷尔蒙骚动的第一步就耽搁下了。

可是昨天周汪南的那个吻真的是刷新了我的认知，他用舌尖席卷着我的口腔，似乎想要把我吃下去，呼吸被抽走，强烈的窒息感让我怀疑这是新的杀人方法。

阿南这时候兴奋地“汪”了一声，让我意识到自己在想什么，便赶紧收回思绪，以倒水为借口掩着发烫的脸颊溜出客厅。

整理好状态回来之后，周汪南正在打电话。

我怕是柳舒舒过来查岗什么的，便将水杯放在了他面前，识趣地想要躲开，他却叫住了我。

电话已经挂了，他说：“派出所抓到了那两个偷狗贼，就是他们的具体窝点还没找到。”

我咂咂嘴：“有点可惜了，不过阿南的仇已经报了。当初阿南就是我从他们手里救出来的，上次被我送进派出所还不够，这次下手更狠。不过话说回来，还是要感谢你。”

他指节分明的手拍了拍阿南的头，说没关系，如果没什么事情他就先走了，下午还有拍摄。

我本以为经过这件事情，我们两个终于可以正常地交流，便像普通朋友开玩笑一样，打趣道：“周模特要照顾女朋友，还要照顾我的阿南，还要去工作，真是辛苦你了。”

他走到门口，听到我的话突然回过头：“谁像你一样蠢得连窗户都忘了关。”

我……咱能不提这事吗？

房门的缝隙逐渐缩小，突然又被打开，周汪南冷道：“以后别让阿南叫我叔叔。”

我茫然地问：“那叫什么？”

周汪南：“我是它的救命恩人，你说呢？”

我突然想起了昨天晚上对另一位恩人陈铭睿说过的话。

2

孟清清同学于一个星期后带着家乡的土特产，以及男朋友孙长远满面春风地归来。

我顾不得她男朋友在场，直接扑上去给了她一个熊抱，可怜兮兮道："清清你可回来了，再不回来怕是要给我收尸了，你都不知道我这几天经历了什么。咦？"我下意识地去看她的袋子，"你给我带了什么好吃的？"

孟清清缓缓把我推开，将那袋特产藏到了身后，得意地对我伸出手。

我感到莫名其妙，这人不会回家这么几天，就被老家的泉水洗涤了脑子吧。

见我不为所动，她粲然一笑，把如何说服了家中亲友同意她和孙长远订婚的事情仔仔细细讲了一遍。

我听完之后，看着坐在沙发上如胶似漆的两个人，瞠目结舌。

孟清清的父母一嫌孙长远年龄小，怕他稳不下心，照顾不好自己的女儿，二嫌他没房子，到时候两人结了婚住在哪儿还是个问题。

这让我想起了以前有一个小品，叫作《超生游击队》，夫妻二人为了躲避计划生育四海为家，顺便脑补了一下孟清清戴着头巾穿着花衣裳，怀里还抱着孩子，和孙长远到处东躲西藏的场景……

了解父母心结的孟清清发挥了三寸不烂之舌，有针对性地动之以情晓之以理，把亲爹亲妈说得是一把鼻涕一把泪。这时候孙长远突然给自己加戏，表示孟清清已经怀了自己的孩子，如果她有个什么三长两短，一家三口就要唱梁祝化蝶了。

最后也不知道孟家二老是被他们自由恋爱的真挚所感动，还是被他们不要命的精神所吓到，终究是点头答应了。

这哪是去见父母啊，简直是开着碰碰车上高速，用生命在书写前方的道路。

沙发上的孟清清突然用胳膊戳了戳孙长远，埋怨道：“你怎么还强行给自己加戏啊？”

孙长远满脸委屈：“我要不这么说，你爸你妈能同意吗？”

她想了想，急忙又转变了态度：“也是哦，对不起啊远远，我错怪你了。”

“没关系，没关系，被你错怪我高兴。”

“真的吗？那你刚刚解释什么？”

“这不是怕你想不通着急吗……”

我抖了抖满身的鸡皮疙瘩，实在是听不下去了，便想回到卧室洗洗耳朵，哪知道孟清清即使沉浸在爱河里也不忘重点：“站住，苏玖月，我们的份子钱呢？”

看来我也得做一次影后了。

十分钟后，孟清清彻底从孙长远的怀抱里出来，拍着我的后背，劝道：“没事啊没事啊，阿南这不是没事了嘛，别着急了啊。实在不行，份子钱你就不用给了，就当是我这做干妈的给阿南的抚恤……”

我收了戏，将挡脸的手拿开，直起身："你要早这么说多好。"

她一个抱枕丢过来："苏玖月！"

生活依旧平淡，周汪南和陈铭睿都会隔三岔五过来看阿南，给它带好吃的好玩的，作为它的主人，我诚挚地表示羡慕。

转眼一个星期，那份情侣写真也制作完成。下班的时候，小李把已经洗出来的照片交在我手上，说："明天我去参加一场婚礼，你帮我把这个交给老郭，谢谢啊。"

这种不费吹灰之力的忙当然愿意帮，条件是记得回来给我带喜糖。

小李走后，一看时间不早了，我也匆匆忙忙地下班。

人都说忙中出错，我是忙中把那份照片塞到了包里，到家以后本想着拿手机，却不料摸到了牛皮纸。

既然已经拿回来了，怎么能错过一览风骚的机会？

趁着孟清清还没下班，我将照片一张一张地拿出来，摆在面前，挨个去看。

精修之后的两个人更是郎才女貌，连脸上的表情都那么有默契。

照片上，柳舒舒笑意嫣然的脸凑近周汪南，似有若无的撩拨让人为之疯狂，红唇轻启，越发平添了几分媚态，那是糅进骨子里妖娆，我这种穿着哆啦 A 梦卡通 T 恤大摇大摆的人是模仿不出来的。

而周汪南虽然看似冷淡，却在眼神中透着应景的沉迷，侧脸像是被上帝的手抚摸过一样，完美得无可挑剔。

这组写真发布出去，怕是又有很多迷妹宅男要心碎了，我十分理解他们的感受，要不然帮他们一把？

心里这样想着，不知什么时候摸起了美工刀。

我想得太入迷，以至于手中的东西完全脱离掌心，空荡荡的感觉才让我清醒。可是为时已晚，周汪南帅气的侧脸已经被刀子刮花了，我下意识地扑过去，仿佛被划伤的不是照片，而是真皮。

阿南坐在旁边歪着头看我，眼神中似乎有点迷茫。

我想，它也没见到过一个人类对着一张照片又尖叫又悔恨，仿佛整个世界都崩塌了的样子。

考虑到这是答应小李明天交给老郭的东西，我便急匆匆地收好照片穿鞋穿衣服出门，打算去公司再重新洗一份，反正公司的钥匙在我手中，底片也在我手中。

这时候阿南突然像泥鳅一样从门缝里溜了出来，坐在楼梯口摇着尾巴看着我。

“你想跟我出去？”

阿南站起来围着我转了一圈，又坐下。

我说："那走吧。"

铲屎官与宠物之间接触多了，可能会产生一种默契。反正我是这么理解的，不然真的没办法解释我为什么能明白阿南的意思。

打车到了公司，我很快便找到了电脑中的存档，快速洗了出来，然后将洗好的照片放在了我的电脑前，用键盘压住。

做完这一切，我这才锁上了门离开。阿南全程陪同我，也幸好身边有它，不然以我的想象力肯定不敢大晚上待在没有人的公司里。

打车回到了小区门口，天突然开始下起蒙蒙细雨。

来之前也没听说今天有雨呀。街上人烟稀少，雨水的原因给黑夜笼罩上了一层更加朦胧的气氛，就连原本明亮的街灯也变得阴暗起来，旁边几家小商户见客人少，已经早早关了门，这种环境让我不安。

迎着淅淅沥沥的小雨，我抱怨着天气预报真是越来越不靠谱了，叫了声"阿南快点走"。

只是还没有走出几步，我便发现阿南压根就没跟上来，下意识地回头寻找，却看到它躺在湿成一片的地上痛苦地呜咽。

"阿南！"看到这场景，让我想起上次的中毒事件，心中慌乱不已，赶紧过去抱住它，"你怎么了阿南？"

它一直在呜咽，从嗓子眼里挤出的声音似乎要像我传达什么，只是它好像失去了力气，叫声并不大。

“臭女人，好久不见！”

阴恻恻的声音突然从背后响起，我只觉得耳熟，下意识地回头，却没想到等待我的是一记响亮的耳光。

“啪！”

我眼冒金星，直挺挺地趴到地上。这时，我看到了那两个偷狗贼。恐惧如同冰冷的雨水在心上蔓延开来，让我下意识地抱紧了阿南。

我不能放开它，绝对不能！

其中一个偷狗贼凶狠地瞪着我，说：“把你的狗给我！”

“你别想伤害它！”我大吼。

他们逐渐逼近，我缓缓地往后躲，却没想到这地方正好是小区的死角，监控照不到，后面也没有退路。

我说：“你们别过来，再过来就不客气了！”

偷狗贼脸上的肉一横一横的，全身淋着雨水，像极了香港电影里的猥琐魔头。

“你不客气？老子倒是要看看你是怎么个不客气法，连着把老子送派出所两次，拿什么赔给老子？不如就拿你的狗吧，看样子挺值钱的！”

这话说完，其中一个偷狗贼冲上来抢。

我自知力量薄弱，拼命地把阿南往身后推，然后快速抱住歹徒的大腿。

“阿南！快点走！”

我想让它快点跑，我来拖住时间。

可是我失算了，我没想到他们身上带着刀。

3

我不记得那一瞬间是怎么发生的了。

我只记得失去了力气的阿南拼命地站起来，颤颤巍巍走出了几步，便回过头朝着我扑过来，挡下了那应该扎中我的一刀。

两个偷狗贼一看见血，匆匆扔下刀子逃离了现场。

鲜血掺杂着雨水，在地上四处蔓延，像是一朵徐徐绽开的红色妖姬，染透了我白色的衬衫。

我扯着喉咙大喊：“阿南你坚持住！”

脸上的水珠已经分不清是泪水还是雨水，我很痛苦，像是一把尖刀刺中了我的心。

无计可施，我抱着怀中奄奄一息的阿南去敲周汪南的门。

周汪南很快开门。

望着他，我有气无力地说：“快……”

话还没说完，我便没有了意识。我晕过去之前，隐约看到了周汪南撕心裂肺呐喊的模样。

再次有了意识是在医院的病床上，周汪南坐在一旁，眼中含着惊喜，问我：“你醒了？”

我立马挣扎着起来，抓着他的胳膊，从沙哑的嗓子里挤出一句话：“阿南呢？阿南怎么样了？”

“阿南已经抢救回来了，幸好只是伤到了后背，并没有什么大碍，过段时间就能好起来。”周汪南的语气是前所未有的温柔。

我松了一口气，躺在病床上望着医院的天花板，想了想，说：“我要喝水。”

他急忙去给我倒水。

喝完水后，我说：“我想吃苹果。”

他赶紧给我削。

吃完苹果后，我说：“我饿了。”

他打电话叫了外卖。

对于周汪南像小保姆一样的表现，我感到十分满意，也不枉我这么多年来跟在他屁股后面跑来跑去，你看，还是那句话，出来混，迟早是要还的吧。

不过，有周汪南这个大模特在这里，我病房门口的小护士就没断过，她们透过玻璃窗晃啊晃，看似无心实则有意。

我想你们看就看吧，干吗藏得这么辛苦呀，想当初我追他的时候脸皮都贴上去了，不还是被他从冷屁股上揭了下来？

如果是以前，我会邪恶地想，这种冷屁股不能我一个人贴，幼儿园就学会了好东西要分享，等她们焐热了，我可以再拿回来。只是现在不比从前，他已经有了柳舒舒。

话又说回来，周汪南这样认真地照顾我，柳舒舒不会生气吗？难道他人是柳舒舒的，心已经飘到了我这里？

这种想法刚刚出现萌芽，门口便来了一个戴口罩的人，她翻过重重小护士的人肉墙，一进门就用纱巾挡住了那块小玻璃。

我一看身影，这不就是柳舒舒吗？真是怕什么来什么。

做贼心虚，趁她还没开口说话，我便赶紧解释："柳舒舒你听我给你讲，我不是故意要瞒着你的，我也不知道为什么周汪南会对我这么好，我更不知道他心里怎么想的，那天是他自己要亲我的，我没有勾引周汪南，千错万错都是我的错，你大人不计小人过，就原谅我吧，我保证以后离他远一点，大不了我搬家。"

一口气说完这番话，却看见柳舒舒摘下了口罩，似笑非笑。她的态度让我心里发毛，不会趁着我刚刚醒来病还没好就对我痛下杀手吧……

这时候她对一旁的周汪南说："阿南状态还不错，你先过去看看它吧。”

我急忙抢话：“我去我去。我去看阿南，你们两个留在这里帮我看着病房。”

周汪南表情严肃，冷道：“别添乱。”

这怎么能是添乱呢？明明是想给你们创造二人世界。

柳舒舒仿佛对着周汪南挤眉弄眼，说：“我的保镖就在门外，让他们跟着你过去。”

周汪南略有深意地看了看我，“嗯”了一声，然后开门出去。

我想这两个人是不是串通好了什么阴谋啊……

病房里只剩下我们两个人，柳舒舒问我：“你喝水吗？”

“不……不渴……”

“那你感觉好点了吗？”

我讪讪地回答：“好多了好多了……”

约莫安静了几秒钟，她似乎想到了什么，扑哧一下笑出声来。我茫然地看过去，发现她也在看着我，然后……

“哈哈哈……你知道我在笑什么吗？”

我回答：“不知道。”

“你知道是谁送你和阿南来医院的吗？”

我说：“你男朋友。”

柳舒舒竖起一根白皙的手指放在我面前晃了晃："那可不是我男朋友。"

我还没有来得及惊讶，她又说："我今天过来就是为了解释这个事的。前段时间公司有几个模特被拍到在公共场所打人，影响很不好，所以为了让大众的注意力转移，就炒出了我和周汪南的绯闻。也就是说，你所看到的一切都是假的，周汪南从大学和我就是很好的朋友，至今还保持着单纯的朋友关系。"

这番话说得太突然，我愣了半晌，心中又惊喜又怀疑，就好像在长时间的阴霾天气中看到了呼之欲出的阳光，犹抱琵琶半遮面，一半仍被遮挡，一半露出晴朗。

她似乎看出了我的狐疑，又拍了拍我的肩膀，那手劲大得让人怀疑她是不是练过铁砂掌。

"玖月，你别一副不相信的样子。周汪南为什么放着好好的高级住房不要，特意跑到那个小公寓住在你楼下？为什么拍摄写真的时候偏偏让你来？为什么对你的事情那么上心？这些你有想过吗？"

这些事情我还真没想过，每天的一日三餐已经够让人烦恼的了，我怎么还有精力去想其他的……等等！她刚刚说什么？

她的意思是周汪南喜欢我？这……这玩笑开得我心里扑通扑通的。

我苦笑着望向柳舒舒，想告诉她不用安慰我，即使他不喜欢也没关系，反正这么多年都习惯了。

只是，她不等我开口，便把手机放在了我面前：“你看，这是他送你进医院时媒体拍下的。我一直觉得周汪南是一个冷静到可怕的人，从没见过他这么慌张。”

照片上的男人穿着蓝色的家居服，全身都被淋湿了，他旁边的助理怀中抱着阿南，他抱着浑身沾满血的我。

他一贯冷冰冰的脸上终于有了清晰的表情，眉头紧紧拧在一起，嘴巴抿成一条线，那从内到外散发的恐慌，即使隔着屏幕，我也能感受得到。

看着摆在面前的一切，这下由不得我不信了。

“嘭！”脑子里仿佛有什么东西突然炸开了，接连迸发出无数道光芒，这光刺激得我鼻子有点酸。然后脑海中又浮现出我俩青涩年少形影不离的样子，我俩跑道上一前一后的依稀身影，我俩坐摩天轮的样子……

我的心好像变成了复读机，不断重复着一句话：周汪南喜欢我！周汪南真的喜欢我！

眼眶酸疼，柳舒舒急忙拍了拍我的后背：“你这是怎么了？”

我没想到自己一开口却是呜咽：“没事啊……就是觉得……周汪南眼神挺好的。”

就是觉得，我苏玖月没摊上赔本的买卖。

我喜欢的人也一直在喜欢我。

可是他怎么不早说啊！害得我唱独角戏这么久！

柳舒舒又感慨着："周汪南是一个表达感情能力薄弱的人，而你又是一个观察力极差的人，真不知道你是怎么当上的摄影师。你俩看得我干着急。"

之后，柳舒舒又和我聊了很多八卦。

而我的脑袋里只有被周汪南喜欢这件事，好在从她的一堆话里拣出了两个重点：一是，阿南只是皮外伤，恢复得不错。二是，被拍了照片后，公司一直要求周汪南出面澄清和我只是普通朋友关系，但是他却不肯离开医院。

没过多久，周汪南便回来了。柳舒舒冲我眨了眨眼睛，借口还有工作匆匆离开。

我当然知道她是什么意思。

这时候周汪南坐在一旁翻着杂志，仿佛犹豫了很久，才缓缓开口："她……都跟你说了吧……"

"嗯……"

"那在一起……吧……"

听到这话，我抬起头，看见他的脸涨得通红，和平时冷酷的模样大相径庭，十分滑稽。

忽然，他仿佛是下了什么决心一样，回过头来看着我的眼睛，笃定地说：“苏玖月，我喜欢你，我们在一起吧。”

望着周汪南眼睛里的认真和深情，我感觉自己的心跳到了最大值，恍恍惚惚间，像是在做梦。

我用力掐了一把自己的胳膊。不是做梦！真疼！

再也忍受不了了，我咧开嘴放声大哭。

周汪南坐在原地没动，就像看马戏团的猴一样，眼睁睁地看着我痛哭流涕，不忘嘲讽着：“掐疼了吧？”

虽然的确有这个原因在内，但也并不全是。我用病号服抹了抹眼泪，一边哭一边说：“我想象过无数次你向我表白的场景，就是没想过会在医院，最起码要有鲜花什么的……”

他一愣，轻轻抱住了我。

趁着这个机会，我赶紧把眼泪往他身上蹭了蹭，喃喃道：“这次不算，改天再重新说一次你喜欢我。”

周汪南忽然作势要离开，冷道：“别得寸进尺。”

一见这场景，我心想煮熟的鸭子别飞了呀，赶紧圈住他的腰。

“别呀，这次算，算还不行嘛。”

第九章 chapter nine

和男神在一起的日子

1

我和周汪南在一起了，至今我仍觉得是在做梦。

两天后，医生说我没什么大碍，可以出院了。

这话的意思就是，美梦要醒了，周汪南就不会忙前忙后地照顾我了。

想到这里，我下意识地抓住年轻男医生的衣角，死活要他再给我做一次检查。我说：“我最近总觉得心跳得特别快，好像是心律不齐，你要贯彻不放过任何一个病人的思想，好好地为我做个检查。”

那医生仿佛也被吓到了，目瞪口呆了好久才说：“我这还是第一次看见有人没病找病的。”

周汪南轻轻咳了两声。

我回头一看，他脸色不太好。

这段时间照顾我和阿南真的挺辛苦，人的身体经不起折腾，我问他一会儿要不要也做个检查，他却直接压过来。

我有点害羞，这还当着医生的面呢，搂搂抱抱的多不好呀。

这时周汪南的手攥在我伸出去的胳膊上，往后轻轻一拉，那个医生的衣角便解脱了。我惊讶地望着他，心律不齐又犯了。

他不看我，缓缓地直起身，看着腕上的表：“现在是上午九点，两小时之后我带你去看阿南。”

我一听，立马答应：“好啊好啊。”

在医院里住的这几天，医生让我好好养病，哪儿都不能去。换作是以前，我早就溜走了。只是周汪南不当守门员真可惜，在他的看护下，连个苍蝇都飞不进来，人当然也跑不出去。

所以，这段时间里，我只能用自己的意念来传达对阿南的思念。

这时候那医生突然问：“苏小姐，那您什么时候做检查呢？”

“她不用做检查了，这是心理疾病。”周汪南突然说。

我抗议：“不要，我觉得很不舒服，我要做检查。”

“除非你想让人知道你有多蠢。”

医生插话：“那个什么……苏小姐，看来您不需要再做检查了，我先出去了，我们有缘再见。”

看着他匆匆把门阖上，我后知后觉地想，我才不要和医院这个地方有缘。

两个小时后，周汪南提着我的行李，放入了车后备厢。

我很茫然，不是说要带我去看阿南吗？为什么没人告诉我出院这件事？

去往宠物医院的路上，我坐在副驾驶和周汪南赌气，他用善良无辜的阿南欺骗了我的感情，不能原谅。

大概路过了两个红绿灯之后，他瞥了瞥一边冷脸的我。

“怎么，还想刚刚那医生呢？”

这个人说话怎么就没有一点悔改之意呢？我一想周同学也罪不至死，便解释：“不是，你只告诉了我去看阿南，没说出院。”

他的手打着方向盘：“看来你还挺喜欢医院的。”

“你怎么听不明白，我的意思是你怎么刚跟我表白，就来欺负我！”

他说：“没跟你表白之前就没欺负过吗？”

这话让我仔细想了想，也对，周汪南这种行为不是一天两天了，没必要现在生气。

不过，他这句话倒是成功地把我拐到了另一个思维角度上。

我转过头看着认真开车的周汪南，不自觉地咧嘴笑。

他用眼角的余光瞪了我一眼："你这表情会让我觉得……"

我插话："是不是很可爱？"

"不，让我觉得刚刚应该同意你做检查。"

他说话太耿直，我便放弃了用女性魅力将其征服的想法，否则一会儿该掉头送我回医院了。

我说："周汪南，他们说男孩子欺负女孩子都是源于喜欢，我记得大学时候你就经常欺负我，你是不是早就喜欢我啊？"

"你听谁说的？"

"他们都这么说。你快说是不是早就喜欢我呀？"

他不说话，别过头去专心看着前方路况。

这样的沉默让我有点郁闷。

到了宠物医院，周汪南把车开进停车位。

"到了。"

我说："哦。"正准备抬腿下去，哪知道又被一股力量直接拉了回来，结结实实地坐回座位上。

我看向周汪南，对于他的粗鲁有点生气。

“你干什么啊？”

他说：“以后我不说话，就是默认的意思。”

在我还没完全反应过来怎么回事时，周汪南已经站在一旁问我到底下不下车。

我说“下下下”，赶紧去开车门。

孟清清这些天一直照顾着阿南，我和周汪南刚进门，就看到她在喂阿南吃东西，那温柔细心的模样，怕是孙长远看了都会吃好几天的陈年老醋。

见我们过来，阿南冲着我和周汪南“嗷嗷”地叫。

孟清清顺势也回过头来，一看是我，激动得险些撒了狗粮。

“苏玖月，你出院了啊？都好了吧，那天看新闻，你浑身是血，吓死我了，我还以为从此见不到你了呢。”

可能是因为见我还生龙活虎，孟清清紧紧搂着我。她比我高半头，这样拥抱总让我有一种我妈在这儿的错觉。

不过还好，这件事苏先生和我妈并不知道，不然凭他们二老那暴脾气，谁要是动他们的女儿，怕是要提刀砍了那人。

别的不敢说，他们心疼孩子这一点，让我深感欣慰。

我拼命从孟清清怀里挣扎出来，找回呼吸。我说：“我这不好好在你面前嘛，而且阿南也挺好的。”

她说“对对对，是是是”，却还是拉着我，又把我抱住了。

这时候孙长远过来，把孟清清从我身上扒开：“玖月快被你勒死了。”

我看向周汪南，他似笑非笑地望着我们几个，若有所思。

他又是这副敏锐冷傲的样子，我实在搞不清这人在想什么，便直接到了阿南面前，看看它的伤口怎么样了。

一旁的孙长远拉着孟清清的手，两个人不知道说着什么悄悄话。

过了一会儿，孙长远突然提高了一个声调，感慨道：“这个就是周汪南周模特吧？送玖月去医院的那个？”他站起来问好，“久仰大名，我是清清的男朋友孙长远。”

周汪南点了点头，面不改色，客气地寒暄：“你好，我是周汪南，苏玖月未来的丈夫。”

空气仿佛瞬间凝固——

我用力托住快掉到地上的下巴，不断地暗示自己周汪南特立独行不是一天两天了，不要慌不要慌……

本来我打算装没听见继续和狗玩，谁知道一抬眼正好和目瞪口呆的孟同学对视上，这下是躲不过了。

“苏玖月，请你解释一下。”孟清清强行把我拉到座位上，一副要严审犯人的模样，我怀疑旁边的孙长远下一秒钟就会拿出小本子来做记录。

周汪南这时候突然过来，径自挨着我坐下。

当着他的面，我有点难为情呀，便尝试着转移话题："阿南需要休息，我们可不可以改天说？"

孟清清回头看了看小床上的狗，然后继续用凶狠的眼神盯着我。

好吧，我知道这个话题转移不掉。

当着双方"家属"的面，我实在没办法厚着脸皮对孟清清讲这曲折勇敢的爱情故事。所以周汪南趁着刚刚的余热帮我用了一句话来概括——我是她男朋友，她是我女朋友。

这个问题总算是蒙混过关。

鉴于我病已经好了，不好意思再麻烦着孟清清，便让他们小两口回去谈恋爱了。

阿南的病房里只剩下我们两个人和一条狗了，我便问周汪南刚刚怎么想的，真是语出惊人。

周汪南对此的解释是：不能输。

孙长远语言表达力太强，他俩当着我俩的面腻腻歪歪个不停，一想到以前他俩经常这么对我，周汪南表示，不能输。

这个解释可以作为单身狗翻身的励志典范，我给满分。

不过说起来，即使过去我和他相处了那么久，真正意义上在一起也只不过就这几天。周汪南的所作所为让我彻底明白了日久生情四个字不是读着玩的。

不知道为什么，我的心里有点雀跃。可能是爱情的多巴胺效应。

2

我和周汪南在一起了，此外，还有很多事情也有了结果，比如那两个可恶的偷狗贼。

据说出事那天周汪南报了警，警察满城搜寻，再加上这两个人多次被带进过派出所，已是惯犯，很快便将其擒获。

真是大快人心。

更值得高兴的是，警察顺藤摸瓜，直接端了他们的老窝。那是一个偷狗贼的聚集地，很多狗狗获救，有的回了自己的家，有的被人领养。

总之，阿南没有白白挨那一刀。

说起阿南，当时我真没想到它会为我挺身而出。都说狗是人类最忠实的朋友，此言对于有过亲身经历的我来说真是深信不疑了。

我非常感谢阿南，因为如果不是它的话，恐怕现在站在这里的，就是苏玖月飘来飘去的灵魂了。

几天后，阿南出院了，我感觉自己也康复如初。

自打上次周汪南语出惊人后，孟清清夸了我三天，说我这么多年的努力没白费，守得云开见月明，苦尽甘来。

周末晚上，孟清清去和孙长远约会，我一想到周汪南不能输的精神，便给他打了电话邀请他来我家。

电话那边，周汪南对来我家的评价是，我的矜持原本还是碎成“块”的，现在已经变成“渣”了。

其实我是觉得，和他出去吃饭实在既浪费又危险，自从上次他送我去医院的新闻爆出来，我曾好几次走在大街上被人指认。他是当红模特，每次出去都搞得像地道战一样，吃个饭也要躲躲藏藏。

我问过他，为什么不听公司的话，对外澄清我俩的关系。他说：“如果澄清了，这样会对你很不公平。”

我感动不已，还以为他要开启偶像剧男主模式，结果听到了下一句：“反正以后是会持久性公开的。你现在还不算太丑，如果被偷拍，起码不会降低我的审美，以后那可就难说了。”

没想到周汪南还会用情话来贬低我，真是让我又感动又不满，算了，我就勉强当他这是在夸我好了。

周汪南虽然嘴上不饶人，但是好在行动力强，刚刚挂了电话没过多久，门铃就响了。

我说吧，这个人就是刀子嘴豆腐心，做什么事情都喜欢毒舌上几句。

这样想着，我兴奋地打开门，口中的“周”字刚说出来，却意外地看到了陈铭睿的笑脸。

仿佛不管什么时候看见他都是在笑。那种笑容还不是发自内心地表达喜悦，而是已经成了他本人的标记，永远挂在脸上。

我也笑着问：“你怎么来了？”

他手里拎着水果和狗粮，说：“我前几天看新闻听说你和阿南遇到了歹徒，受伤了，一直想来看你，但是……”陈铭睿犹豫了一秒钟，“但是宠物店太忙了，没抽出时间。这不听说你回来了，便赶过来看看你好些了没。你还好吧？阿南呢？”

他把手中的东西递过来，我客气地寒暄：“来就来吧，还拿什么礼物啊，阿南在屋里，快进来快进来。”

陈铭睿前脚刚踏进门，我还没来得及阻断屋内屋外的空气流通（关门），便看见周汪南站在楼梯口冷冷地望着我，那眼神阴森森的，就像是捉奸在床一样，让人心里发毛。

此时此刻，我十分佩服那些出了轨还能一本正经面对自己老公的女人，一点愧疚感都没有，该怎么过还是怎么过，这内心得多强大才能经得起灵魂和社会的拷问。

我缓了半天才从他那种目光里脱身，用自己最温顺的态度和他说话：“你不……进来吗？”

他长腿一跨，在我面前停留了几秒，瞪着我。还没等我反应过来，便直接侧身从我旁边进了屋子。

客厅里，三人一狗的气氛十分诡异。陈铭睿看见周汪南之后居然没有一点意外，两个人互相点头示意了一下，算是打了招呼，之后没再多说半句话。

反倒是我，为了不让气氛尴尬，就把从阿南救我到阿南伤好的过程讲了一遍，他们两个的回应可以用五个字来概括“哦”“嗯”“好”“挺好”。

从进门开始，周汪南就沉着脸，盯了陈铭睿很久。而另一方陈铭睿看似专心逗狗，实际上却也暗中观察着。就好像无形之中开启了没有硝烟的战争，我甚至能看到他们目光里迸射出的火花。

我想，这两个人是不是有什么过节儿啊？

在我给他们两个人各倒了一杯水之后，陈铭睿率先打破了场面的尴尬。他说：“论坛里，你和阿南的事情传得沸沸扬扬，而且这次还让警察直接端掉了偷狗贼的窝，本地的论坛成员商量着下周末聚餐庆祝，大家也好认识认识。”

我以“最近这段时间太忙了”为由，想要推辞掉。

显而易见，除了好朋友之外，其他的聚餐就是一群人聚在一起，皮笑肉不笑地吃完一顿堵心的饭，还要留心别人突然给你抛过来的深水炸弹。

我自认为智商不够，还是算了，陈铭睿却说：“玖月，这次聚餐主要是以你和阿南为中心。再说，大家都想见一见你，好不容易找到一群志同道合的人，不要错过这个结交朋友的机会。”

这话太官方，我的小聪明无用武之地，便哀怨地向周汪南抛去了一个求救的眼神。

周汪南开口：“去吧，也好让大家失望失望。”

“……”

陈铭睿走后，我盯着对面的男人，把笔记本电脑往前一推，咬牙切齿道：“你知道这种场合我是不愿意去的，为什么还帮他说话？现在好了，已经答应了，帖子都发出去了，后悔都后悔不了。”

周汪南心不在焉地看了一眼屏幕：“我想看看他葫芦里究竟卖的什么药。”

“他就算卖老鼠药也不关咱俩什么事啊。”我欲哭无泪，转念忽然想逗逗他，把脸凑过去，“要不你去？男扮女装，你说你才是真正的苏玖月。”

周汪南狠狠地瞪我一眼，傲娇地别过头。

整整一个星期，我都在纠结这件事。

在我提出装病、车祸、工作忙等借口皆被周汪南否决之后，我开始怀疑这个人的动机，并且在他和我吃饭时表达了内心的想法。

“你是不是有什么事情瞒着我？”

他抬头看了我一眼：“别胡思乱想。你吃饱了？”

我刚想说我吃饱了，却看到了冰激凌形状的纸巾盒，视觉体验顿时勾起了我体内蠢蠢欲动的馋虫。

“周汪南，我想吃冰激凌。”

“不行。”

“为什么啊？”

他顿时严肃起来，义正词严地问我：“今天几号？”

“15号啊。”

话说完，周汪南仍盯着我看。

我和他对视了一会儿，猛然想起了什么，脸唰地就红了，急忙捧起那杯没喝完的可乐做掩饰。

每个月 15 号左右是我的生理期。

对于我来说，生理期就是渡劫。在“姨妈”来的几天里，我要做好充足的心理准备，因为会被肚子疼折磨得死去活来。

偏偏上个月的这天，周汪南打电话说要带我去他代言的主题餐厅吃饭，我说我不去，他便开始了对我的讨伐。

他说，苏玖月你到底会不会谈恋爱？

笑话，我不会谈恋爱，当初是谁锲而不舍地追着他四处乱跑？是谁在大三的情人节亲手给他做巧克力？

说起做巧克力这事，我记得那段时间宿管阿姨几次三番跑到宿舍来找我，说是路过的时候闻到了怪味。在我打发走舍管阿姨，又请舍友们吃了顿饭，安慰好她们饱受摧残的嗅觉后，终于做成了心形巧克力，并且在情人节当天送给了周汪南。

电话那头的周汪南听完这番话后，不屑一顾，表示吃了我做的巧克力之后他拉肚子拉了一个星期。

我忍着腹痛，没好气地说：“我不管，你别惹我生气，以后每个月的这时候都不要欺负我，我身体不舒服，脾气很暴躁。”

电话那头的他很久没说话。我吓了一跳，以为他生气了，小心翼翼地问了声：“喂？”

他又撂下一句什么话，我当时心不在焉，没听清，最后只听到了手机里传来的忙音。

几分钟后，门铃声响起，我以为是孟清清回来了，拖着身子去开门，却没想到周汪南拎着一堆东西站在门外。

我这才回忆起，刚刚他说的话可能是“我过去看你”。

不过惊讶的下一秒，我便突然意识到了自己现在凌乱邋遢的形象，急忙躲到门后，用木板把自己遮住。

他上前走了几步，茫然地问我怎么了。

我说我今天早上不舒服，没洗澡没洗脸没刷牙没梳头，你不要看我现在的狼狈样子。

他笑着把我从门后揪出来，说：“没关系，一会儿我帮你洗。”

这话从他嘴里蹦出来，传到我耳朵里像是春药，让人联想到接下来可能发生的一切，真是好害羞呀。

周同学从袋子里拿出姜片和红糖放在我家的锅里，倒上水，开了火。他让我先去躺会儿，说等下就好。

我茫然地望着他，就好像重新认识了这个人一样。

没过多久，他喊我：“苏玖月，你平时喝水用的杯子在哪儿？”

“在茶几上，那个粉色的。”

“茶几上有两个粉色的呢，你说的是哪个？”

我趿着拖鞋从屋里出来，指着印有草莓图案的保温杯说这个是。

周汪南拿起来就往厨房走。

我看着他小心翼翼地将红糖姜水倒进杯子里，然后递给我。

“赶紧趁热喝，温度中等偏高，正好。”

我皱着眉头喝了几口，出乎意料的是，不知道周汪南用了什么办法，姜味并没有那么重，这对于讨厌姜味的我来说真是谢天谢地。

喝完之后，我抱着杯子坐在沙发上，好奇地问：“你怎么知道……”“大姨妈”三个字被我生生吞下，“你怎么知道我需要喝这个的？”

“猜的。”

猜得真准。

后来想想，我在打电话时说得那么明白了，谁猜不出来啊！

不过，有男朋友真好。

3

最后，即使我向周汪南解释这个月的日子推迟了，也还是没有成功吃到冰激凌。

回去的路上，我一想到明天的陌生人聚餐，心里就不太踏实。毕竟，这种谁都不了解谁的场面，就跟瞎子摸象一样，必须互相探索着交流，多累呀。况且我还看过他们在论坛里发表的言论，大部分人都说是为了见我一面，这让我更加不安。

到了家门口，我问周汪南："明天的聚餐你可以不可以陪我一起去？"

"当然可以。"

"不过你是大模特，这样去的话万一被人曝光呢？"

"不怕。"

这话说完，他低下头盯着我的眼睛看了很久很久，瞳孔里埋藏的深情让我不由自主地开始沦陷。

不知何时，他用双手捧起了我的脸，在我的嘴角落下轻轻一吻。

比起那次的强吻，虽轻得像羽毛落地，但我却感受到了他情感上的深沉。

亲完之后我就带着爱情的芬芳进屋了，孟清清看我脸红，便八卦地凑上来问进展到哪一步了。

我打算领着阿南回卧室，但是又觉得，什么都不透露太过于无视她，这是对孟清清的不尊重。想了想后，我说："咱家门口是块谈恋爱的风水宝地。"

第二天，周汪南如约而至，他穿了纯白 T 恤和黑裤子，衣服上连多余的花样都没有，简单大方，却又时尚干净，是我喜欢的模样。

而我穿了一件比较普通的白色连衣裙，背后有一个黑色的蝴蝶结，这样穿显得我很有气质，关键是显得我瘦！

我觉得我俩心有灵犀，起码在色彩上挺搭的，为此还在心里小雀跃了一把。

只是，快到聚会地点的时候，我又耷拉下脸来。虽然昨天周汪南说不怕别人曝光，但是我的内心仍旧很纠结，为了我这样做真的好吗？

酒店里，服务员引导着我们前往包间。

周汪南怕我见到那些人会慌张，一路上紧紧拉着我的手。

不过，即使周汪南戴着墨镜，也无法掩盖光芒。

庆幸的是，周汪南没戴口罩，不然恐怕会被人误会成传染病携带者，或者意图不轨的鸡鸣狗盗之辈。

陈铭睿似乎早就到了，我们一进门，他便赶紧过来迎接，然后向在场的所有人介绍："这就是苏玖月，她和阿南的英勇事迹帮助警察找到了偷狗贼的窝点。"

突然，大家掌声雷动。

吓了我一跳。

陈铭睿又说："要不是这里不让带狗的话，你们也能见到阿南了。"

大家表示有点遗憾。

这时候他们注意到了周汪南。

我立马就心虚了，害怕真的有人会拍下我和他亲密的照片，给外界的风言风语添油加醋，便悄悄地挣脱了他的手。

有人问他为什么戴着墨镜，我急忙抢话："这是我朋友，那个……他眼睛不太好，怕光。"

陈铭睿若有所思，不过还是笑着邀请我俩入座。

席间，周汪南充分配合了我给出的"他眼睛不太好"这个谎言，不管需要什么，都用胳膊碰碰我。

一番相处下来，倒是相安无事，没有人为难我，所以我就负责吃饱了然后走人。

忽然，有人惊讶地叫我："苏玖月？"

我一抬头，这不是高中同学周大刚吗？是那个最让人讨厌的"大水缸"！

当初周大刚每次考试都比我高一个名次，三年都这样，每次他都会跑过来刺激我。而且他还特别喜欢攻击我，尤其是我的缺陷，更是成为他口中经久不衰的嘲笑点。

当着众人面，我不好将反感挂在脸上，只能笑着回应："好久不见啊。"

他说："还真是苏玖月啊，我一开始还以为只是和你重名呢，现在真是太漂亮了啊，和高中时简直判若两人。那时候你胖得要命，脸跟这盘子似的，眼睛还小。你不会整容了吧？"

"没有啊，呵呵，后来瘦下来了。"我忍！

"真不可思议，原来减肥的力量这么大。"一席人不知何时安静了下来，听着周大刚接连不断的话，"对了，玖月，你有男朋友吗？"

我看了一眼周汪南，笑着摇摇头。

"也是，像你这种神经兮兮、糊里糊涂又不温柔的女孩，很难找到合适的吧？要我说，你就别挑了，你看看现场哪个中意，选一个先发展发展。"

这么多年，他的老毛病越发严重了，我告诫自己不能发脾气，我忍！

旁边的人似乎察觉到了我的尴尬，劝他别说了，多吃点东西。周大刚却不听，还念叨着什么漂亮女孩都靠不住，都喜欢钱之类的话。

这时候一直没开口的周汪南突然附和他："是啊，好女孩太少。想必你也没女朋友吧，来，在座单身的都喝一杯，算是互相鼓励。"

我正纠结着举还是不举，却听周大刚问："哎，这位戴墨镜的先生，你不是单身吗？你怎么不喝啊？"

"哦。"周汪南猛然站起身，一把将我捞起来，直接拉到了他怀里。

闻着他身上淡淡的柠檬香，我有点蒙。

他对瞠目结舌的众人说："这是我的女朋友，苏玖月。我看她有点累了，先带她回去休息。失陪了。"

我惊魂未定，被他搂在怀里，正往外走着，周大刚从后面喊道："原来你能看得见啊！"

周汪南突然摘下墨镜，回头瞥了一眼人群。

临出门前，我隐约听到了感慨声："那不就是模特周汪南吗？"

回去的路上，我笑个不停，太解气了！

"你至于吗？"周汪南问。

我却无意间瞥到了他嘴角隐忍的笑意。

我说："你想笑就笑啊。哈哈，我这一回总算是扬眉吐气了。我发现我好喜欢你啊。"

"我知道，我也喜欢你。"

在他接完这句话后，我停住了狂笑，望着周汪南突然涨红的脸，有点摸不着头脑。

他逐渐冷静下来，继续说："所以不管发生什么，你不要觉得你是我的累赘和负担。"

我明白，他怕我被外界的流言蜚语所干扰，他怕我因为顾及他模特的身份而不敢靠近，不敢带他出去见朋友。

只不过——

“你什么时候表达能力这么强了？”

“不知道。”

这件事过后，我和他之间的感情好像更进了一步。

晚上，他经常送我到我家门口。而早上，我又跑去敲他家的门。

大概这就是楼上楼下的好处，就仿佛每天生活在一起。

凡事有利就有弊，离得近了也并非都是好处，就比如说，他送我回家的路程太短，这对于热恋中的人来说，有点……有点什么我也不知道，反正挺舍不得他走的。

其实为了这场苦尽甘来的爱情，周汪南也挺不容易。

我看电视剧看多了，曾对周汪南感慨过一句话：“你要是和偶像剧里的男主角一样就好了，每天说好多好多爱我的话给我听，那我得多幸福。”

当时，他整理衣服的手一滞。

我突然意识到自己说错了话，害怕他多想，赶紧转移话题。哪知道没过多久，我去他家里，看到他客厅的沙发上摆放着一本《情话大全》。

我记得有人说过，语言表达能力差属于心理问题，心理问题很难纠正。可是他居然肯为我改变内心的弱点，这让我很感动。

我苏玖月何德何能，能让一个如此优秀的男人为我付出。

当然，为了不让他尴尬，我最后还是善解人意地选择了装作没看到那本书。

第十章 chapter ten

你是第一也是唯一

1

Fall in love.（坠入爱河。）

当初学习这个词组时，我很难明白为什么会用“爱河”来形容两个人之间的感情。

直到我现在和周汪南在一起，每天睁开眼想的、念的，都是这个人。我才知道，原来坠入爱河的感觉就仿佛中了一种叫甜蜜的毒。

每当吃完晚饭后，周汪南都会和我一起去公寓楼下散步，顺便遛阿南。

他说，我吃完了要多走动才不会变得更胖。

听完这话，我心里却是美滋滋的，这个口是心非的家伙其实是在找借口和我多待一会儿。

天气逐渐转凉，最近感冒频发。为此，周汪南特意命令我出门穿长袖并且戴口罩。

秋末将至，公寓楼下的法国梧桐逐渐有树叶凋落。

我不禁想起了电影《怦然心动》。电影里的女孩总是喜欢爬到高高的法国梧桐树上，她认为那种坐在树梢上的感觉就像是被高高举起，迎着微风，特别舒服。

我突然也想试一试。

在我向周汪南提出了这种不切实际的想法后，他表示，如果我真这样做了，会有人打电话叫消防员的。

我尴尬地笑了笑，一边走一边踩树叶。

过了一会儿，周汪南突然停下来，表情严肃："苏玖月，有件事情我要告诉你。"

我一看他这样子，心想该不会是要求婚吧，瞬间，鲜花、戒指统统从脑袋里跳了出来，我很紧张，因为进展太快，我还没准备好。

他蹲下身子，摸着阿南的头。

“其实，阿南是我的狗。”

“……”

我愣了一瞬，没太反应过来他这话的意思。

“什么意思？”我问。

周汪南又说：“阿南是我在路边捡回来的，那时候取名初九，它趁我不在家偷偷溜了出去。后来我去警察局找狗，却听说狗被你养了，便将计就计。看来我们之间还真是逃不过的孽缘。”

我惊讶，但我却不知道自己究竟是为了阿南，还是为了他没有求婚而诧异。

他笑得狡黠，口罩遮住了半张脸。我想，他一定露出了小虎牙。

“原来你早就开始算计我了！”我嘟嘴。

“这哪是算计？”

“那你说……”

“别动！”周汪南突然打断我的话，上前走了几步，抬起手轻轻拂掉我头顶的树叶。

他的温柔总是不期而至。

也许，这个男人上一秒还在贬低我的体形，却在下一秒已经为我准备好了蛋糕。

寒风吹过，梧桐叶从空中飘扬而落。

这种场景对于一个摄影师而言，可以称为无比美好的视觉邂逅。我望着面前深情的周汪南，突然很想把他脸上的口罩撕下去，然后应景地来个热吻。

但是我想到了自己碎成“渣”的矜持，便克制住了想让它变成“沫”的冲动。

柳舒舒对我说过，周汪南所做的一切都是为了我，包括搬来这里，还有安排我拍摄写真。

我找机会问过他：“你看看你，如此煞费苦心地折腾，为什么不直接说明你喜欢我？”

他说：“我以为你能够明白，后来才发现，是我把你的智商抬高了。”

“你可不可以对我说话客气一点点？”

“自己人还需要客气？”

我故意和他较真：“谁和你是自己人？”

“你是我自己的女人，就是自己人。”

我：“……”

看来《情话大全》还挺有用的。

周汪南平时工作看起来风光，实际上很累。他要接各种各样的广告、拍摄、代言，还有一些访谈节目。

有时经常会忙得没法按时吃饭，这让跑过去探班的我感到很心疼。

坐在角落里，我俩面对面吃着盒饭。我说：“早知道我就不这么温柔体贴地来看你了，看到你忙个不停我怪难受的。”

他停住了筷子望着我：“你确定你不是因为我和女模特拍广告才难受的？”

被他揭穿了！

我吃完鸡腿上的最后一块肉，不满道：“就不能换一个男的过来拍吗？”

他仿佛想到了什么，抽了抽嘴角，肯定地说：“那你会更难受。”

根据他这句话，我立马在脑子里描绘了一下两个大男人互闻秀发然后满脸沉醉的场景，我的天，有点辣眼睛。

这时候周汪南把他碗里的鸡腿夹给了我。

你看看这个人，一边嫌我胖还一边投喂我，到底要怎么样嘛。

很快，将近年底，孟清清同学再次带着准老公孙长远回老家了，临走之前还特意挑衅我，说她男朋友只要一毕业，就会装进她家户口本。而我，我爸妈连周汪南的面都没见过。

我被她的得意气得不轻，但是碍于还没有想好怎么和我爸我妈说，便一直苦恼着。

孟清清离开后，房子里就只剩下了我和阿南。

换作是以前，对我而言也没什么大不了的。可是问题就出在对门的老奶奶前一天去世了。我也不记得她家是哪里人，反正有一个习俗，就是在门口撒白灰。

我不知道是不是因为晚上买东西回来看到了那圈白灰，夜里就被噩梦惊醒了，吓得满头大汗，紧紧抱着阿南，可还是觉得不安，思前想后，实在忍不住了，便给周汪南打了电话。

本以为这么晚了，他肯定不会接，哪知道手机里很快便传来他的声音，似乎还带着些许疲惫。

“喂？怎么了？”

顾不了那么多了，我惊魂未定地道：“周汪南，我有点害怕……刚刚做噩梦了，梦见有鬼在阴森森的树林里追我，然后我拼命地跑，拼命地跑。后来就被吓醒了，现在不敢睡。”

他立马说：“等着我，我去陪你。”

我说：“好，你快点来。”

一想到有他的陪伴，我就感到十分安心。

几分钟后，门铃响了。我刚打算鼓起勇气去开门，便隐约听到有开锁的声音，突来的状况让我再次绷紧了神经。

这时候，传来周汪南的声音。

那声音很轻，仿佛怕把我吓到："是我。"

灯一下子就亮了。

看到来人，我欲哭无泪，不顾形象直接扑在他怀里，闷声问："你怎么有我家钥匙啊？吓死我了。"

我感受着他说话时胸膛轻微的震颤，他说："孟清清临走前，我要来的，怕你会有什么事。"

还真是感人，不过刚刚周汪南自作主张地用钥匙开门差点没把我吓哭。

对此，他的解释是怕我不敢跑出来开门。

真是的，难道你突然开锁我就不害怕了？

周汪南躺在了单人床的另一边，把手放在我的腰间。

他的身上散发出浅淡的柠檬香气，让我十分有安全感，我搂着他的脖子不知不觉就睡着了。

虽然一张单人床很挤，但是我却没有凭借"优雅的睡姿"掉落地上，因为夜里，总有人会紧紧地箍住我。

早上，我醒来后，发现他的手还在我的腰间，好像整整一个晚上都保持着这个姿势。

这……这应该算是我俩第一次同床共枕吧。我按捺住心中的喜悦，手指轻轻碰了碰他浓密的睫毛。

我想知道他的睫毛到底有几根，便忍不住一根一根地数起来。大概是因为数得太投入了，连他什么时候睁开了眼睛都不知道。

他问我："你在干什么？"

我尴尬地收手，解释说："我在数睫毛。"

周汪南盯着我看了一会儿，却突然一个猛翻身，把我压在了身下，眼神变得浓厚。

我心里想着那没数完的睫毛，好奇到底有多少根。

这时他缓缓地俯首，趴在我耳边轻声道："别数了，都是你的。"

我刚想说你这样弄得我耳朵痒痒的，却突然被他堵住了嘴，又是一个深吻，掠夺了我体内所有的空气，浓烈的气息倾入口腔，让我怀疑他想把我吸干。

吻了一会儿，他抬起头，满含深情地望着我。

这目光，难道他是想和我……脑子里突然浮现了少儿不宜的画面，我赶紧撇过头避开他的眼睛。

天哪，我还没有考虑过……怎么办？

我正纠结着到底要不要同意，他却忽然撤身。

“该起床了。”

……

2

当天晚上，周汪南以“你自己一个人在家会害怕为由”，硬是把我拉去了他家和他一起住……

好吧，我承认这件事情是我主动提起的，因为我胆小，而且他家卧室里是双人床，没那么拥挤。

就这样，我死皮赖脸地在他家住了一个星期。

周汪南对我十分尊重，尊重到我软玉温香地趴在他身上他都没有反应，甚至我模仿电视剧里的女孩子穿着他的衬衫在客厅里乱跑，他也不为所动还说什么要去洗澡。

这段时间下来，我开始深深地怀疑究竟是自己的女性魅力不够，还是周汪南这个人有柳下惠的潜质。

我打算最后再试一次，如果还是不成功的话，我就要好好地问问他到底怎么想的，其实他看起来真的挺……挺强的……

可是，周汪南回来的时候手里却拎着一堆蔬菜，和他模特的气质十分不搭，像极了一个家庭妇男。

望着那一堆没有经过加工的土豆、茄子，我忘记了自己的目的，只感觉今天的晚饭有点悬。

我问他："你买这些做什么？"

他一边换鞋一边把菜递给我，说："待会儿我下厨，给你做一顿晚餐。"

"你会做饭吗？"

"不会我买它们做什么？"

"你的思维那么奇怪，我怎么会知道你买来干什么？"

他表示，我要是再用言语来刺激他，他就让我今天晚上尝不到周大厨的手艺。

好吧，为了免费的晚餐我还是忍了。

周汪南做饭，我便坐在沙发上假装看杂志，实际是偷瞄厨房里忙碌的身影。

不是我偷懒，刚刚我跑到厨房里问他需不需要帮忙，他却以"你过来是添乱，还是等着吃吧"为由，将我赶了出来。

没一会儿，饭香味飘过来。阿南似乎也闻到了香气，围着餐桌跳来跳去。

他叫我："苏玖月，过来吃饭。"

闻言，我赶紧扔下手中的书跑了过去。

周汪南一共做了两道菜，一盘鱼香肉丝、一盘红烧茄子，外加香喷喷的白米饭。

我一直觉得这人只适合做模特，所以对他做饭并没有抱太大的希望，不过现在看起来，色、香、味三样起码占了色和香，我以试一试的心情品尝了它们的味道。

对于美食，我的品尝范围只停留在“能吃”“还行”和“好吃”三种级别上，对于周汪南这顿饭，我给予的评价是“好吃”。

他听到我的赞扬，十分满意。

我好奇地问他是怎么学会做饭的，并且向他讲述了当初我妈逼着我学做饭，然后我差点把厨房给烧了的事迹。

周汪南听完之后感慨道：“你能活这么大真是不容易。”

我刚想开口反击，他又说：“小时候我爸我妈工作很忙，总是出差，家里的保姆做饭不是很好吃，所以我就偷偷地自己学着做，慢慢就学会了。”

我停住了扒饭的动作：“你爸妈小时候经常不管你吗？”

“他们有想要做的事情，还有向往的生活。唯一陪着我的就是家里的一只金毛，后来它老了，在我十四岁那年死掉了。”

“怪不得你那么喜欢狗。”我看着他眼睛里的感伤，突然想给他很多安慰和温暖，便说，“以前的你是这样，可是以后就不一样了啊。除了狗以外，我会永远陪着你。而且，你会做饭，就算我们结了婚也不用发愁吃什么。”

这话刚落，周汪南的眼神逐渐变得温柔。

我立马意识到自己刚刚心直口快地提到了结婚，急忙低下头数着碗里的饭粒。

吃饱饭之后，我为了彰显自己还有点用，所以自告奋勇地去刷碗。

晚上，我俩分别躺在床的一侧，他看他的时尚杂志，我看我的肥皂剧，阿南趴在角落里闭目养神。

没一会儿，我模仿着电视剧里的情节，问周汪南：“你喜欢我吗？”

他头都没抬：“喜欢。”

我不肯罢休，拉着他的胳膊：“可是为什么我总觉得你并不是很喜欢我？”

他终于肯多看我几眼，模仿着那首歌的音调，唱：“因为爱情，让你胡思乱想。”

这人的幽默来得太突然，我忍不住哈哈大笑。

他继续看杂志。

过一会儿，我又问：“周汪南，大学的时候你学的是金融，那你为什么要当模特啊？”

他抬头：“因为你当了摄影师。”

这话让我心里有点小雀跃，却依旧道："你现在怎么油嘴滑舌的，表达能力进步得也太快了。"

他没说话，盯着我看了很久。

我茫然地问他怎么了，难道我脸上还有饭粒？

他没理我，眼神却忽然变得很认真，一字一句地说："苏玖月，带我去见你爸妈吧，我想和你结婚。"

这话让我愣住了，心里竟然有种等这一天好辛苦的感觉。

不知何时，我的泪水已经在眼眶里打转，张口便是哽咽。

我不甘心地问："戒指呢？这应该算是求婚吧？为什么没有戒指和鲜花？"

他微笑着把我搂进怀里，从旁边的抽屉里拿出了一个精致的蓝色小盒子，里面是一枚十分漂亮的钻戒。

"我本来准备好了想给你一个惊喜的，想给你摆满了鲜花和蜡烛。只是我没有想到我会忍不住提前向你求婚，你同意吗？"

我抹了抹眼泪，看着那么大个儿的钻石，觉得自己赚了，赶紧把手伸过去。

"同意，当然同意，你给我戴上。"

周汪南帮我戴上之后，居然神不知鬼不觉地把我的外套给脱了，再然后是里面的衬衫，再然后是衬衫里的背心，再然后是背心里的内衣……

对此，周同学对我的穿法很不满意，他说："苏玖月，你到底穿了几层？"

这时候我也顾不上脸面了，能赶上他兽性大发已是不容易，我便红着脸挑衅道："你数数我穿了多少啊。"

闻言，他眼神突然变得深邃，直接咬上我的唇，一双手似乎会煽风点火。可是我总感觉暗处有双眼睛在盯着我俩，便叫他停住。

最后，周汪南将阿南赶到了客厅，关上门，继续着我们刚刚没做完的事情。

我就说他很强，整整折腾了一晚上！第二天，我直接躺在床上装死。

周汪南自知是罪魁祸首，纵容我躺在床上。我听他打电话给助理说身体不太舒服，把上午的拍摄先推掉，然后回过头来问我："早饭吃什么？"

我用被子蒙上头，闷声道："吃你做的。"

3

一个星期后，公司终于放了年假，周汪南也推掉了一个月的工作。

为了满足周同学的愿望，我在年前腊月十一这天带着他去了我家。

在回家之前，我给苏先生和我妈打了电话，充分说明了本次我要带男朋友回去。

我妈八卦心重，从苏先生手里夺过电话，一个劲地问我："玖月，你男朋友叫什么名字？长得好看吗？有车吗？有房吗？家住哪里？什么星座？近期水逆吗？属相呢，不行，等你俩回来我得去查查生辰八字……"

她问得我头疼，这时候那边苏先生也看不下去了，夺过手机。

我爸是老师，所以就显得比我妈冷静多了，他语重心长地给了我一些忠告。

他说："玖月啊，你可别贪吃贪玩贪睡了，人家小伙子好不容易看上你，就你这样的性格千万别把人气跑，到时候上哪儿再找一个去，多不容易啊……"

我急忙打断他："那个爸，我还有事不跟你说了，等着我明天回去。"

一旁的周汪南似笑非笑地望着我："看来叔叔阿姨还挺可爱的。"

我尴尬地笑了笑。

鬼知道他们对亲生女儿到底哪里来的那么多不自信！

我还记得，孟清清当时带孙长远回老家的传奇故事，所以吸取了他们的经验与教训之后，提前做了做工作。

我问周汪南："你有车吗？你有房吗？家住在哪里？什么星座？近期水逆吗？生辰八字呢？"

他一脸莫名其妙地看着我："你又发什么神经？"

"没有啦，刚刚我妈问了这些问题，所以提前帮你预习预习。"

他"哦"了一声，想了想，说："有车，有房，你住哪儿我住哪儿，好像是狮子座，没水逆，生辰八字……这个我真不知道。"

我点点头，对他老实交代的态度表示十分满意。

这时屋门突然开了，从外面挤进来一个小身影，我猛然间又想起来一件很重要的事，问他："我们明天走了，阿南怎么办？"

他看了一眼狗子，漫不经心道："带上一起。"

"可是我妈不同意我养狗啊。"

不知道周同学哪里来的底气，肯定地说："放心，有我在呢。"

听到他这么说，我便松了一口气，光着脚跑到地板上，对阿南张开怀抱。

"过来，'麻麻'抱一抱你。"

狗子听到了，急忙跑过来，哪知道眼瞅着就要抱上，却被周汪南截住了。

他搂着我对阿南义正词严道："别想占你妈便宜。"

阿南："嗷呜！"

我还没从刚刚的突发事件中反应过来，周汪南就已死死拽着我的卡通睡衣上的尾巴，把我拖上了床。

他刚想低头做什么，我急忙嚷："我要洗澡我要洗澡。"

大概周同学嫌我脏，一脚将我踹了下来，催着：快去洗！

第二天一大早，我们两人一狗就出发了。

我家离市区不算太远，所以很快就到了。

周汪南提着礼品，我看着门铃，长长地舒了口气，再次询问："准备好了吗？"

可能觉得我的样子太紧张，他反问道："你爸妈会吃人？"

我瞪他一眼，悻悻地按下了门铃。

很快，门便开了，我爸我妈露出头来，好奇地打量着我身后的人。

他们的口型变化可以用水果的大小形容：樱桃——葡萄——草莓——苹果。

我咳了两声，说："你们的女儿在这里呢。"

他们这才从周汪南身上拉回视线，让我俩赶紧进去。

我妈看到阿南时惊讶不已，却没有我想象中的万般嫌弃，她问：

“这是谁的狗呀，这么肥还这么可爱。”

我急忙举手：“我的我的，妈，是我的。”

她白我一眼，冷道：“也许你不和它抢食它会更肥。”

这可当着周汪南的面儿呢，不用这么快就表明我在家里的地位吧……

接着，苏先生和我妈充分说明了我在家里是有多么糊涂，说我身体差、挑食、爱要小脾气还总是自恋之类的。

我深深地怀疑，面前这两位老人家是不是周汪南提前买下的水军。

让人出乎意料的是，我爸我妈对周汪南这个准女婿十分满意，因为他有车有房有钱，还有名！

我帮我妈择菜的时候，她冲我挤眉弄眼，看着客厅里聊得不亦乐乎的两个男人，说：“好久没看见你爸这么高兴了，不过话说回来，当初你说过你要嫁给他，不是说着玩的？”

我傲娇地哼了一声。

我妈：“哎哟，你这死丫头还得意上了。我说怎么看新闻时觉得抱你去医院那人面熟，原来就是他啊。”

我险些把芹菜折断：“妈，你看新闻了？知道我受伤了？”

“看了，当时把你和我爸急得不得了，后来孟清清那孩子说你没事，给我们看了你吃东西的视频，啧啧啧，别人喂着那叫一个香哟。”

我惊呆：“妈，孟清清还说什么了？”

我妈想了想：“哦，还说视频里的人是你大学时就开始追的人。我说呢，你那时候放假在家，整天魂不守舍的。小样儿，看来你是先下手为强啊……”

孟清清，你给我等着！

周汪南和我爸聊的什么内容我也记不清了，大概就是各国的什么飞机、火箭和炮弹，最后表明了对祖国的热爱，以及对当代和平世界的珍惜。

反正周汪南挺讨我爸妈欢心的，他们二老甚至一激动，差点脱口而出说结婚不要彩礼了。

这怎么行？我这么个大活人去他家，好歹得要点本钱吧？嘻嘻。

晚上吃完饭，我俩就回来了。

按照事先约定好的，第二天一大早，我俩带着狗，又去了周汪南的家。

狗血的电视剧看多了，所以我总是担心会遇见不好对付的未来公婆，所以临去时十分紧张。

周汪南握住我的手，劝我：“放松点，我爸妈没你想的那么可怕。”

我点头。

事实证明，果然是我想多了。

刚一进门，周汪南的妈妈便拉住我的手，说：“玖月啊，上次见到你还在照片里，现在就跑到我面前来了。不错不错，一看就是个好女孩。我跟你说，我们家汪南从小就被我们惯坏了，他要是有什么做得不好的地方你多担待。能找到喜欢的人不容易，我只希望你们能够和睦相处，白头到老，再给周家生个孩子，这就够了，你说是吧他爸？”

旁边的周爸爸急忙点头：“是是是，按照你们小两口自己的想法生活，有什么困难的话找我们，毕竟是一家人嘛……”

从他家出来以后，我一路上忍不住哈哈大笑，我说周汪南没想到你爸妈这么开明。

他直瞪我，说我现在仿佛一副没有见过世面的样子。

后来，在春节前，两家人凑在一起商量了一下，把婚事定在了来年的五月一日。

我爸妈表示：赶紧把闺女嫁出去，也算了了一桩心事。

周家爸妈表示：儿子长大了，快点找个人陪着他，玖月就是最合适的人选。

孟清清听到这一系列的故事后，叹息着说：“打死也没想到，你居然比我早结婚。”

我模仿着她挑衅我时的样子，得意地笑道："以后我和周汪南的孩子也比你的大哦。"

她恨得咬牙切齿。

再后来，周汪南公开了我俩的婚讯，并当着千万粉丝的面说："这就是我一辈子要守护的人。"

听到这话，我的心情几乎无法自控，并默默地下决心，非他不嫁！

而他的万千粉丝也表示，他们就喜欢这样专一的男人。

结婚当天，来了很多人。

孟清清作为伴娘，在一旁牵着阿南，看着我从门口捧着花缓缓走来，她似乎泪眼蒙眬了。

纯白的婚纱，漂亮的捧花，如童话世界般的礼堂布景。水晶灯挂满了整个现场，头顶的大灯一关，便折射出七彩的光芒，将婚礼殿堂照亮。

我诧异地望着这一切。

周汪南牵过我的手，说："我欠你一场表白，一场求婚，现在算是补回来了吗？"

我捂着嘴，不住地点头。

这时候，司仪说："周先生，你愿意娶你身边这位小姐吗？无论她将来是富有还是贫穷，无论她将来身体健康或残疾，你都愿意和她永远在一起吗？”

“我愿意。”

“那么苏小姐，你愿意嫁给你身边这位先生吗？无论他将来是富有还是贫穷，无论他将来身体健康或残疾，你都愿意和他永远在一起吗？”

我听着偶像剧里惯用的婚礼台词，心中积压已久的情绪再也绷不住，突然放声大哭，一边哭一边喊：“我不愿意！”

众宾哗然，孟清清急忙过来拉我：“你怎么了玖月？”

相反，站在我面前的周汪南却淡然许多，他的眼神中似乎含着隐忍的笑意。

我哭着说：“我不愿意让你贫穷，不愿意让你残疾，我只希望我和你在一起能好好的。”

他突然愣住，然后伸出胳膊，紧紧地抱住我，紧到仿佛要把我勒得窒息。

关键是手里那捧花别挤坏了呀，还打算留着做纪念呢。

台下的宾客们皆鼓掌，我趁没人注意，赶紧往他身上蹭一蹭眼泪。

不得不说，结婚真的是件很累人的事情。

当天晚上，我回去得比周汪南早，疲惫的身体不停叫嚣着需要床。

我快速地卸了妆洗了澡，瘫在婚床上一动不动。

这时，门一开一关，熟悉的脚步声传来。感受到旁边的床位凹陷下去，我睁开眼，笑嘻嘻地踹了周汪南一脚。

他皱眉，问我：“你洗脚了吗？”

我困意袭来，迷迷糊糊道：“没有啊，我洗了澡。”

他突然拽住我的胳膊，往身下一拉，结结实实压住了我。

我吓了一大跳，立马变得精神起来，欲哭无泪：“周汪南，你要做什么？”

他得意地笑，直接俯首封死了我的唇，发起进攻……

情到浓处，周汪南眼神低沉，他嗓音有些沙哑，说：“苏玖月，我爱你。”

是啊，我也好爱你。

在我提到过的电影《怦然心动》里，还有这么一句话：每个人都会在某一天，遇到一个彩虹般绚丽的人。当你遇到了这个人，你就会觉得，其他的一切都是浮云。

感谢你，周汪南，在我平凡的生命里，你是第一，也是唯一。

今天周末，我带着苏玖月去了流浪狗收养所。

事情的起因是这样的——

昨晚，苏玖月下班回到家，嘴里不断嘟囔着累死了累死了，结果刚一进门便对阿南张开了双臂。

她兴奋地说：“阿南，快过来让我亲一口。”

那只碍事的狗果真就迎了上去，完全无视我的眼色。

吃饭的时候，我突然想起阿南是一只雄性犬类，心中开始为苏玖月刚刚的献吻而耿耿于怀。

“苏玖月，我们明天再去领养一只狗吧。”

她夹了一块红烧肉放在嘴里，含混不清地问我：“为什么？”

苏玖月的嘴巴很小，汤汁从嘴角溢出来，我急忙拿餐巾纸帮她抹去。

“我想给情敌找个女朋友。”

她看着我：“你脑子没病吧？”

我把筷子往桌子上一放，刚想和她理论理论，她却急忙改口：“没病没病，你说得对，嘿嘿嘿……”

真是拿她没办法。

流浪狗收养所里许多都是被主人抛弃的狗狗，它们哀怨可怜的眼神让我觉得十分愧疚——为人类的铁石心肠而觉得愧疚。

阿南也是我捡来的，那时候它还那么小，趴在马路边的草丛里，不知道是因为恐惧还是寒冷，一直在瑟瑟发抖。

这时候苏玖月望着高笼里脏兮兮的狗狗们，喃喃道：“它们好可怜。”

我刚想安慰她，她又说：“如果没有这个流浪狗收养所的话，可能它们就无家可归了吧。”

阿南在笼子外徘徊很久，将前爪伸进去，引来几只狗狗和它嬉戏。

一只松狮引起了我的注意，它还算干净，独自趴在角落里，哀伤地望着我们。

应该是刚刚被遗弃的。

我说："就养那只松狮吧。"

旁边的所长点头，表示那只狗是母的，阿南一听，兴奋地跳了起来。

再看下去，心里只会更加愧疚，我干脆收回目光，直接向休息室走去。

苏玖月叫上阿南，急忙追过来问我："为什么要那只松狮啊？"

"听实话吗？"

"嗯！"

我笑："因为和你长得像，放在一起好养。"

"周汪南！"她不满地拉扯着我的衣角。

因为，你刚刚也盯着那只狗看了很久啊。

我也不记得自己是从什么时候开始喜欢上苏玖月的了。

那时还在上大学，我做梦也没有想到会碰上苏玖月这样的奇葩。

我和她第一次相遇是在女生宿舍楼下，隔壁班的女同学递给我情书，向我表白。

那个女孩子脾气好，长得也不错，我正考虑着要不要在大学谈一场恋爱，苏玖月便将一盆湿衣服扣在我身上，更过分的是，她那像口水巾一样的小内衣挂在了我的头上。

我顿时成了众人的笑柄，没心思再考虑表白的事情，而她竟然还大言不惭地跑到我面前来写号码。

我当时觉得，这个女孩子白长了一副清纯干净的模样，可惜了，她没有脑子。

后来，也不知道是什么执念让她一直缠着我。

在我做完演讲后，她直接跑到我面前问东问西，还提起了我最不愿提起的经历。

那时我觉得，她真招人烦，一直刻意地无视她。

可是，我还是低估了苏玖月的固执。她逐渐摸清了我的路线，每天都黏在我身边，和我一起跑步，一起吃早饭，一起去上课。

苏玖月好像有说不完的话，用不完的精力。

比如，她会在我打乒乓球时为我喊加油，即使她的尖叫声让我接连输掉比赛。

她会告诉我明天天冷，去跑步应该多穿点，即使她自己冻得缩成一团。

她会不顾形象地挤进食堂给我买午餐，即使我那一天并不想吃麻辣烫。

她为了跟在我身边，连走路速度都变得快了起来。

她为了能够一直跟着我，选择了并不喜欢的宇宙天文学。

她仇视和我靠近的女孩子，即便和我是好朋友的柳舒舒也不肯放过。

那次元旦晚会，她幼稚地在我们的钢琴上做了手脚。我哭笑不得，她还真是小孩子脾气，做的这点手脚根本就不算什么，那一次出笑话的原因是，柳舒舒根本就不会弹钢琴！

但是，我还是对她的幼稚进行了批判，以免她下次再犯，那可就没这么好的运气了。

她虽然神经大条，却也喜欢追寻一些美好的东西，比如说小动物、拍照，还有我。

她的胆子很小，可是在面对坏人时却毫不退缩。

我记得有一次，她被某男生的恶作剧吓得蹲在地上埋头大哭，她哭得真可怜，让人心疼。所以后来，我第一次公报私仇，看那个男生实在不顺眼，找个影响不好的借口将那男生从社团赶走了。

对此，她的好友孟清清曾偷偷问过我，是不是真的喜欢上了苏玖月。我敢做不敢当，矢口否认。

话虽这样说，我自己却能感觉到心中好像有块寒冰化开了，慢慢地，冰化成的水浇灌在了某处萌芽身上，我对她的感情，也像这萌芽一样开始生长。

从小，我的父母就不在身边，对于感情，我从未直接表达过。对内心深处的呐喊难以启齿，这应该是一种心病吧。

我打算着先酝酿酝酿，等到毕业了，再和她坦白，然后顺理成章地在一起。

只是没有想到，临近毕业，她却突然消失了。她没有再来找我，没有再来陪我跑步，没有再来陪我吃饭……

我想，大概是她厌倦了，也就感慨一下人生无常，然后一笑而过。

可是我忘不掉她。

她把所有的联系方式都换了，没办法，我只好找孟清清来帮忙。

孟清清说，她离开我，是因为她觉得我喜欢柳舒舒。

曾经，我很长一段时间认为，苏玖月只是脑子不好使，现在来看，是脑子坏掉了。

我找到了她的住址、联系方式、工作地点，说服合作公司让她来给我拍摄写真。说来也巧，阿南跑丢了，居然跑到了她家，我当然不会放过这么好的机会，便将计就计。

可是苏玖月就像是被圈在牢笼里原地打转一般，总是不明白我的意思，我喜欢她啊！都这么明显了，难道非要让我说出来吗？

试问，一个人可以迷糊到什么程度？看苏玖月就知道了，失手打翻了热水壶、失口说错了话都不算什么，她居然还把我送进了派出所，我真是佩服极了这女人的智商。

可是后来，当她满身是血抱着阿南来敲我的门时，我突然恐慌到难以自控，我从来都没那么害怕过。

就像是某样视作珍宝的东西在面前岌岌可危，我甚至怨恨自己，是我没有保护好她。我害怕她就这样离我而去，我害怕她就此失忆，我害怕她被雨淋坏了身体。

好在，是我想得太多了。

一切平安无事。

苏玖月还是苏玖月，阿南还是阿南。

曾经，我固执地认为，这个世界上只有我的审美才如此独特，苏玖月这辈子注定会是我的。

可是万万没想到，半路上杀出一个叫陈铭睿的人，他和我有相同的审美。

如果我们两个不是情敌的话，可能会成为很好的朋友。

很不幸，他也喜欢苏玖月。

尤其是他看向她的那个眼神啊，真是让我妒火中烧。

苏玖月不知道的是，在她住院时，陈铭睿曾提着东西来过，却被我直接赶走了。

面对情敌，绝不能心慈手软。他站在病房门口，张望着昏迷的苏玖月，脸上一贯的笑容散去，他试图击败我，说："你也喜欢玖月吧？不过看起来你和玖月的关系似乎不太好。要是公平竞争的话，我的胜算更大一些，她喜欢温柔的人，我就是，她喜欢狗，我是兽医，而且，她并不讨厌我。所以，你还是退出吧。我这是在劝你，不想你最后输得太惨。"

这人说话真不好听，我倚在门框上，极力表现出对他这种角色的不屑。

"有劝我的时间不如好好地劝一劝你自己。"

"你什么意思？"

连话都听不懂，就这智商还想和苏玖月在一起？我没理他，直接把房门关上了。

柳舒舒那时候说，如果我再不加把劲，苏玖月就是别人的了。为了不让她祸害苍生，我让柳舒舒帮了我一把，直接将她收入囊中。

真是历经千辛万苦，我俩终于在一起了。

我只能用开心来形容当时的心情，仿佛在过去，她离我很远，现在，又突然融入我的世界。

但是，她很麻烦，比如嫌弃我不会说情话。

所以，我便开始恶补各种小说电影电视剧，甚至还买了一本《情话大全》，只要能让她一直笑就好。

陈铭睿还不肯放弃，他邀请苏玖月去聚餐的那天，已经准备好了表白大戏。

要问我是怎么知道的？我的 ID 名就是那个“帅到没朋友”。陈铭睿在群发消息请人帮忙时，也顺手发给了我。

我当然不会轻易就此罢休，便直接在聚餐上借机公开了我们的关系，当时陈铭睿那心有不甘的眼神真是大快人心。

事后，我将此事讲给苏玖月听，我问她：“我破坏了你的被表白，你后悔吗？”

她整个人挂在我脖子上，把脸埋在我的肩膀上。她说不后悔，有我就够了，而且她只想要我一个人。

这就对了。

她又说：“原来这是你的 ID 名，取得一点营养都没有。”

“那我改天从你身上汲取点营养。”我答。

在一起时间久了，我发现苏玖月竟然傻得可爱。

她总是喜欢问我一些奇奇怪怪的问题，比如爱情为什么被称作爱情，阿南会不会变成天才眼镜狗，从宇宙天文学来看，月球和星星之间是否存在某种关系。

她的心性很单纯，除了吃喝玩乐，好像就剩下喜欢我了。

我们在一起之后，她总是傻笑。

她还经常靠在我的肩头，闭着眼睛，和我聊天。

她说：“周汪南，我好喜欢你，怎么办？”

怎么办？那就永远喜欢下去吧。

她还说：“周汪南，你喜欢男孩还是女孩？”

只要是你生的，我都喜欢。

她又说：“周汪南，我变丑了你会不会就不要我了？”

你变丑的话，那我就变得比你更丑。

她笑着说：“周汪南，谢谢你能回来找我。”

不用谢，我相信，你也在等我。

我爱你。

周“爸爸”说，苏“妈妈”怀孕了，以后就不能经常照顾我和月牙了。

我问月牙：“怀孕是什么？”

月牙说：“应该就是有了小宝宝吧。你看周‘爸爸’一直保护着苏‘妈妈’的肚子。”

我说：“哦，那你什么时候给我生一窝小狗狗？”

“讨厌。”月牙害羞地跑开了。

听苏“妈妈”说，月牙也是流浪狗，是被过去的主人扔掉的。

说起来，过去的我也是流浪狗。

周“爸爸”把我从大街上捡回来时，我才六个月大。

我在五个月大时，被以前的主人抛弃，就像扔垃圾一样，甩在大街上。

我曾失落地站在路边，仰望着人类那些叫“车”的庞然大物来来往往，面前一阵又一阵风带过，我很害怕，害怕到两腿发抖。

我跑到行人面前，问他们有没有看到我的“妈妈”，他们不懂我的意思，只是嫌弃地将我赶走，甚至有人还会踢我几脚。

我很难过，也很饿。

为了找点东西吃，我跑到街边的商铺门前，渴望好心人能够帮助我，可是他们厌恶地拿着扫帚将我驱逐。

为了活下去，我只能去扒垃圾桶里脏兮兮的食物，不管多么难吃，都要生吞下去。

某天，我在翻垃圾桶时看到了一只同类躺在地上吐白沫，我问它怎么了，它没说话，之后，便一动不动了。

我吓坏了。

旁边的狗告诉我，附近有坏人投放的有毒食物，目的是让我们吃掉之后中毒，然后拿我们去换一种叫“钱”的东西。

真难过。

他们太自私了。

那天晚上，我蜷缩在路边的草丛里，闻着从空气中的肉香，用力地吞了吞口水。

身下有很多小虫子，咬得我身上又痒又疼，根本就睡不着。

这时候，有人走过来，我害怕是坏人，警觉地竖起耳朵。他逐渐靠近，盯着我看了很久，问："你饿吗？我养你好不好？"

我一想到他可能是坏人，便躲得远远的。

可是，从那以后，他每天都来给我送吃的，下雨天还会帮我搭建避雨的小棚子，将我的狗窝收拾得舒舒服服。

逐渐，我相信了他是好人，便跟着他回了家。他就是周"爸爸"。

周"爸爸"看起来冷冰冰的，却十分细心温柔。他会把他吃的东西分给我，也会帮我洗澡，照顾我的生活起居。

终于，我不再是流浪狗了。

遇见苏"妈妈"的那天，我没有听周"爸爸"的话，趁着他睡觉偷偷溜了出去，然后就遇到了可怕的偷狗贼。

他们对我穷追不舍，我慌不择路，四处逃窜，终于，他们还是追上了我。

正当我打算了结狗生时，苏"妈妈"举着手机，大喊："别动，把狗放下！我已经报警了。"

我看到她的腿在发抖。

后来，警察说要先把我带回警局。我拼命反抗，对陌生人的恐惧加重，我只相信，苏“妈妈”刚刚救了我，她是好人，我要跟着她。

最后实在没办法，苏“妈妈”说她先收养我，等到有人找再还回去。警察答应了。

后来苏“妈妈”带我去逛街时，我看到了周“爸爸”。趁着她不注意，我不顾一切地扑了过去。

周“爸爸”表示，他早就知道我在苏“妈妈”家里，可是为了他伟大的爱情，我必须勇于奉献。

我不知道人类的爱情是不是都这么复杂，他们两个在一起真不容易。

为此，我的这条小命两次差点搭进去。

其实身为一只狗狗来说，我能够保护主人，是最光荣的事情。

记得刀子插进去的时候，除了疼，我没有更多的感觉。

后来我醒过来，第一眼看到的就是孟阿姨。孟阿姨说，周“爸爸”不能两头跑，他听说我没有大碍，便去守着还没有醒过来的苏“妈妈”。

伤口还在隐隐作痛，我只求苏“妈妈”能够快点好起来。

然而我没想到，这次事件后，这两个人居然在一起了！

可喜可贺。

再然后，他们就住在一起了。

苏“妈妈”不知道怎么了，有时候会穿得很少，在周“爸爸”面前晃来晃去，或者直接趴在周“爸爸”的身上，似乎有什么不可告人的目的。

往往这时，浴室里总会传来周“爸爸”洗澡的水声。

周“爸爸”做的饭菜很香，我的口水都快流出来了，苏“妈妈”吃得津津有味。

饭后，我跟着他们两个进了卧室。

很奇怪，一开始苏“妈妈”还在哭，没过一会儿就又笑了，她手指上戴着很漂亮的石头，被周“爸爸”死死地压在床上，似乎没有了往日叽叽喳喳的嚣张气焰。

我还没反应过来他们在做什么，就被赶出了门。

唉，狗生孤独啊。

后来，他们两个人见父母、结婚，到了现在已经怀上了小宝宝。

此时，周“爸爸”惊讶地看着餐桌上空荡荡的笼屉，不可思议地问苏“妈妈”：“你一个人吃了一笼屉小笼包？”

“不是我一个人吃的，还有你的孩子。”苏“妈妈”吧唧吧唧嘴，“对了，周汪南，我现在还想吃哈密瓜。”

“你可别把我的孩子撑坏了。”

“你怎么说话呢？”

周“爸爸”没理她，直接穿衣服出门。

苏“妈妈”急忙问：“天这么冷，连饭都不吃，你干什么去？”

周“爸爸”：“去给你买哈密瓜。”

我看了一眼身旁还在睡觉的月牙。

真好啊。

番外三 extra three

你不知道的事

1

周汪南记不清自己是怎么喜欢上苏玖月的。

他的记忆甚至还停留在那堆湿漉漉的衣服上，不知道从什么时候开始，他们之间的关系远远超过了偶然。

说起来，那并不是他第一次遇见苏玖月，他对她还是有点印象的，毕竟很少有人像她傻得那么纯粹。

天空蔚蓝，周汪南坐在图书馆里，思绪从厚厚的英语四级练习册中挣脱，望着书架角落的位置，他仿佛又想起了那天她认真仔细的样子。

周汪南不喜欢在女孩子身上停留过多的目光，从心理学角度来讲，眼神之间的交流会让人衍生出一种“被喜欢”的错觉，而他并不想因为这细小的动作令人产生不必要的误会。

苏玖月却是个例外。

图书馆的学习氛围不错，至少比宿舍里那些游戏机和黄片要清心寡欲得多，每每来到这里，他总能为自己找到正确的价值定位，做起事情来也变得事半功倍。

那天下雨，他在书架的角落里挑了一本《百年孤独》，走到熟悉的书桌前，很快沉入了布恩迪亚家族的故事中。

图书馆文艺气息很浓烈，来到这里的人大部分都是为了能学到更多东西。

然而在这安静的气氛中，他听到了与之格格不入的嘈杂声。

他抬头，正好看到轻轻皱眉的苏玖月，她踮着脚，白净的脸上带着焦急和不悦，一本本地将杂乱的书籍摆放整齐，像是在仔细陈列某样重要的东西，嘴里嘟囔着书的名字，完事之后，又恍若释然地笑笑。

他早就看到了那些被乱扔在角落里的书，他本想帮忙收拾收拾来着，可是低头一看书，便把这事忘得一干二净。

他再次抬头，却没想到和她对视了个正着。苏玖月痴痴地望着他，场面有点尴尬，两个人同时慌忙地避开。

孟清清当时似乎有什么急事，苏玖月还没来得及拿书，便被她强行拉走了。

他望着书架前空出来的地方，心里突然有点落寞。

再次见面便是女生宿舍楼下。

他两次碰到苏玖月，完全都是巧合。

也就是因为这不经意的相遇，所以才让之后的事情完全超过了周汪南的意料。

大学时第一次上台演讲，他在后台望着黑压压的人群，不禁感慨学校里人真多，又暗暗捏了把汗。毕竟真正的高手在民间，他保不齐什么地方做得不好，一环脱轨，全盘皆输。

很快，轮到他演讲了。

周汪南拿着演讲稿的手微微发抖，努力使自己镇定下来，按照系主任的话来说，就当所有的群众为空气。

他刚刚站到台上，做了一个深呼吸缓解压力，还没来得及把肺里那口气吐出来，台下有人突然鼓掌叫好，充满激情的声音高昂有力，不想听到都难，吓得他差点倒地身亡。

他昂头往下一看，那不就是阴魂不散的苏玖月吗？

他更紧张了，紧张到好几次读错了演讲稿。

他已经想象到系主任恨铁不成钢的暴走模样，此时真是恨不得将苏玖月乱棍打死。

然而苏玖月身上带着劳动人民特有的坚韧干劲，演讲结束后，她又屁颠屁颠地跑过来问东问西，还把那最丢脸的事情给抖了出去，导致他一度想借用舍友的臭袜子堵上她的嘴。

没过多久，苏玖月又含情脉脉地跑过来表白。他考虑到她的所作所为，对她的喜欢很费解，想带她去看看是不是脑子出了什么问题。

苏玖月的执着让人着实钦佩，她每天都会跑过来和他一起跑步，一起吃饭，甚至一起上课。

他这才意识到，她的韧劲比自己想象的厉害得多，可是喜欢这种东西不是经济脉络，无法从事实的趋向寻找定论，他不想伤害别人，也不想被别人伤害。

之后，不管春夏秋冬，有他的地方，必定有苏玖月，两个人好像黏在了一起，形影不离。可是谁也说不清他们两个之间到底是什么关系，顶多也是一句："苏玖月在追周汪南。"

他对这句话挺反感，准确地说，是对苏玖月挺反感的。

苏玖月每天好像有用不完的精力，不管从什么地方搜刮来的八卦，统统一箩筐倾倒出来，甚至包括谁打个喷嚏吓了她一跳。诸多鸡毛蒜皮的小事凝聚在一起，从早到晚，吵得他头疼。

当他再一次露出不耐烦的神情时，苏玖月慢跑的脚步突然停了下来，失落地望着对面的他，眼神里满是难过和心酸。

她声音有点嗫嚅，挽起长袖来，上面全都是密密麻麻的字。

她说："我每天都会把很多事情记在本子上，因为我怕我会忘，忘了之后就不知道和你讲什么了。我就是想和你在一起的时候多说说话。你要是不喜欢，我就不说了。"

他心中某处微微抽搐了一下。

他没说话，继续向前跑。出去几步后听到后面没有声音，侧过头喊了一句："你不跟过来了啊？"

苏玖月傻傻地咧嘴笑，她自己都不明白兴奋点在什么地方。反正，每天能看到他，这事就挺值得雀跃的。

他瞥了一眼乐得合不拢嘴的她，仿佛也被感染了好心情，嘴角的弧度不经意间上扬起来。

2

大三，阳春三月，新学期刚开学。

他看见苏玖月拖着硕大的行李箱站在校门口，满脸带着假后的疲惫。

她拿起脖子上的相机，准备拍几张照片作为大三寒假消磨殆尽的留念，镜头逐渐拉近，他比例完美的脸突然出现在视野中。

苏玖月笑了笑，“咔嚓”一声，不顾他的愠怒将人装进了相机。

拍完之后，她满脸兴奋地冲着他跑了过去。

风吹散了刘海，露出光洁的额头。苏玖月眼睛亮晶晶，似乎是久别重逢的欣喜，她跳起脚，用力地拍了拍他的背：“哇，好久不见，寒假有没有想我？”

他差点被大力气的她拍得吐血，很想问问她寒假在家吃的什么。话到了嘴边，又觉得需要委婉一些，于是话题直接跑到了六环开外，他睥睨着她，木讷道：“你……脑门儿挺大。”

苏玖月赶紧拨了拨刘海。

他一路送她到了宿舍楼下。学校里有规定，无论什么情况，男生不能进女生宿舍。

苏玖月接过行李箱，眼巴巴地望着拉风的周同学，心里有点难过。

她表情一变不要紧，他也跟着惆怅起来。可还是死撑住面子，抱着胳膊倚在墙上，不冷不热地嘲笑她：“你是有多懒，剩下这点路就不走了？”

苏玖月叹口气，摇摇头：“早知道就不让你过来了。”

“为什么？”

她噘着嘴，狠狠地瞥向那些眼冒绿光的狼，不满道：“你看看这些眼睛，都快长在你身上了。”

他知道她恼，却想故意气她。

他说：“原来学校里还真有美女。”

“除了我以外，真挺多的。比如你们系那个柳舒舒，我就觉得挺好看的。”

“……”

话题是这个走向吗？他觉得自己迟早被苏玖月逼死。

当天晚上，他宿舍几个人商量好了在一起吃个饭，也算是假期过后的接风洗尘。

宿舍小武在午饭时对苏玖月说：“我们几个都带家属，可惜了，就汪南是单身。”

苏玖月闻言，咬着笔头，阴恻恻地对小武笑。

小武只觉得大事不妙，经过一番内心挣扎，回宿舍把这事和周汪南坦白了。

宿舍里一向冷静的三好学生变得悲喜交加，惊得小武还以为自己闯了什么大祸，他原本准备先自责一番，周汪南却先开口，向宿舍里的人征求意见：“我带苏玖月去，你们没问题吧？”

众人先是一愣，小武反应快，急忙把话接过来：“没问题，没问题，那个啥……欢迎欢迎热烈欢迎……”

苏玖月以自己和小武两个月的早饭交易成功挤进了此次小聚会。

坐在周汪南的身边，她莫名有种小媳妇的乖巧感，时不时地看向冷冰冰的男人，别人提到什么话题，也就打个哈哈蒙混过关，然后继续满脸崇拜地盯着他。

苏玖月对面那人外号叫大壮，她黏在周汪南身边久了，自然而然和他们都混熟了。大壮性格豪放不羁，有什么说什么，真诚坦白的可怕。

他喝了几口酒，酒精催人愁，不知怎么就想起了抛弃他的前女友，脸色骤变，一米八的汉子，顿时一把鼻涕一把泪，使劲拍着小摊的桌子，震得盘子和酒杯都跳了起来。

“我对她那么好，她要什么我都给她，为什么她还是离开了我？为什么？我哪儿对不起她了？爱情是个什么玩意儿！他妈的都是骗鬼的！”

说到澎湃处，只听“哗啦”一声，好几个啤酒瓶子被他扫到了地上。

苏玖月看得心里战战兢兢，从小到大，除了电视剧上看到的耍酒疯以外，现实生活中还真没见过几回，这模样未免太过于狰狞了点。她悄悄拉了拉周汪南的衣角，想提前回去。哪知道大壮同志虽然醉了，但是架不住人家有双明亮的眼睛。

“住手！”

苏玖月吓得一哆嗦，动作停留在半空中。

“坐好！”

苏玖月机械地把胳膊缩回来。

大壮突然就急了，瞪着通红的眼睛走到他俩面前，那架势就像是来打架的。苏玖月下意识地往后缩了缩，周汪南见了，急忙拉过她的手，挡在身后。

苏玖月心里一暖，努力感受着手上的温度。大壮哈哈大笑，说：“你俩早这样不就好了？祝你俩同心协力，相亲相爱，百年好合，早生贵子，母凭子贵，贵人多忘事……”

众人：“……”

最后这顿饭以大壮的胡言乱语而告终。

送苏玖月回宿舍的路上，她一直在傻笑，这种笑让周汪南觉得压力倍增，恨不得把人拽过来严刑拷问一番。

不过，他就算不开口，苏玖月也憋不住话。

果然，到了宿舍楼下，她笑嘻嘻地说：“那个叫大壮的人还挺有意思。”

风有点凉，学校夜晚的路灯放出幽然的光，他望着头发肆意飞舞的女孩，有那么一瞬间，觉得她还挺好看的。

“你看我干什么？”她突然不怀好意地笑，压低了声音，“你别是喜欢我吧？”

他没搭话。

天气微凉，他觉得脸有点热，好像红了，还好身处光线弱的地理位置，昏暗中并没有那么明显。

苏玖月搓着手指，又缓缓地说：“其实……你长得特别像我南方的朋友……”

他心里突然咯噔一下。他像她别的朋友？直接冒出了很揪心的一个想法：替代品？

哪知苏玖月又道：“你别这么紧张……我是说，‘南’朋友。”

他瞬间觉得自己松了一口气，这口气憋得莫名其妙，出得更是不知所云。

回到自己的宿舍，他前脚刚踏进门，后脚小武就迎了过来，伸胳膊想钩他的脖子，奈何一米八九的身高实在让人难过，小武只好尴尬地把手搭在他肩上，神秘兮兮地问：“你觉得苏玖月这姑娘怎么样啊？”

“一般。”

“一般是怎么个一般？”小武穷追猛打。

他想了想，“长相、身材、能力。”

旁边的舍友插话，捏着下巴，仿佛若有所思："我觉得苏玖月挺不错的，汪南，你要是不要，可以给我。"

小武急忙附和："其实我也觉得挺好，看起来挺……挺……挺踏实的。"

他脸上笑笑，若无其事地翻着书。

小武和舍友对视了一眼。

小武说："喂，你要是没意见，我们可就去追苏玖月了啊。"

"去吧，加油。"

旁边俩人眼里写尽了不可思议。

周汪南本想背一下经济基础理论，让他俩这么一闹，却总是没法安静下来。

他心烦意乱地把书放了回去，摸起了另一本，看几眼后又扔到一边。暗自琢磨了一会儿，他对舍友们说："你们想追苏玖月？"

舍友闻言点头。

"我可以帮你们。比如说，她爱吃甜不爱吃辣，她爱吃校门口那家拉面，她听课的时候总是走神，她睡着了记得把她叫醒，她总是信口开河地打赌，又或者做一些让人匪夷所思的事情，还有很多，你们记得做好心理准备，对症下药。"

小武看着他那股认真劲儿，用力压住笑意。

周汪南倒是大方，因为他心里笃定不管别人怎么追，苏玖月都是自己的，一定会是。

半夜，大壮的呼噜声震得墙壁都在颤抖，他翻来覆去睡不着，却意外收到了来自苏同学短信的问候，内容是这样的："我刚刚梦见了你。"

他更睡不着了，他怕苏玖月做的是个噩梦。

一分钟后，苏玖月竟然收到了他的回复。

"早点睡觉，明早一起跑步。"

3

大三的暑假来得太快，苏玖月总觉得寒假刚过去，还没和周汪南焐热乎呢，就又要分别了。

拖着行李站在校门口，她时不时地看看时间。天气像是巨大的蒸笼，而人们像是热气腾腾的小笼包，苏玖月心里急躁，她觉得自己熟得比其他人更快。

时间一分一秒地过去，她几乎是泄了气，嘟囔着："要是再不来，我就可以上桌了。"

周汪南刚好听见这没头没脑的话，顺口问一句上什么桌，她却被这冷不丁的声音吓了一跳，可是回过头看到周汪南，又笑了出来。

“研讨会结束了？”她问。

“嗯。”

“我还以为你来不了了呢。”

“差点。”

“你怎么了？总觉得你奇奇怪怪的。”

“没事，你几点的车？”

一提到这个苏玖月有点难过，她眼睛瞥向四周，想分散掉注意力。

然而六月底，毕业季。

来往匆匆的学长学姐拖着行李，脸上除了对社会生活的期待憧憬，还有相互之间的依依不舍。

空气中飘来一阵凉风，树叶郁郁葱葱，被这风吹得摇曳。她感染了悲伤的心情，一开口却是另外的话题。

“周汪南，你说明年我们毕业是不是也这样？”

顺着她的眼神望去，一对小情侣各自带着行李在树下紧紧拥抱，周汪南纳闷，他们这样不热吗？

她现在该考虑的是能不能赶上车，然后早点回家。

他问她：“你走不走了？”

苏玖月的感伤融进现实，看着周汪南对她的感性不为所动的样子，只能用“英雄都是孤独的”来安慰自己了。

回家的火车上，苏玖月收到了周汪南的短信。

“千万别睡觉！”

他在这句话后加了一个叹号，让苏玖月深深意识到这个问题的严重性，一路上绷直了神经线。

其实周汪南这个时间本该在研讨会上的。

临放假，系里组织各个社团的社长一起讨论学生们的兴趣专长发展，而周汪南领导着发展最好的天文社，理所当然地成了大家期待的目标。

各个社团依次发言，眼瞅着时间一分一秒过去，周汪南怎么也坐不住了。

他想起苏玖月早上跑过来找他，那副悲伤逆流成河的模样。

她没心没肺惯了，很少皱起眉头来，垂头丧气。

她说今天上午十一点的火车，要回家了，再见面还要等两个月。

她请求自己可不可以去送送她，就当是做公益。

傻透了。

旁边的人发言到一半，周汪南突然站起来，声明自己有很重要的事，必须离开。

系主任不乐意了，用力拍着桌子：“你上次滥用职权把人赶出社团那事我还没找你呢，人家都告状告到上面去了。你到底有没有把我这个主任放在眼里？”

杯子里的水被盛怒震了出来，打湿了一沓文件。

众目睽睽下，周汪南说了声对不起，然后头也不回地走了。

再然后，到了校门口，听见苏玖月说：“……我可就上桌了。”

她呆傻呆傻的样子总能给人带来好心情。

暑假期间，周汪南平均每天能接到她三个电话，以及不计其数的短信。

她说：“我好像胖了，你会嫌弃我是个胖子吗？”

“会。”

他原本指望着她能迷途知返，忏悔自己不该懒惰，不该吃太多之类的，哪知道又是自己高估了她。

苏玖月兴奋地说：“那你也吃胖点，这样除了我，就没有人会喜欢你了。”

周汪南：……重点在哪里？

眼瞅着暑假过去，即将再次面临新学期，苏玖月躺在床上，喷嚏连天。苏先生进来好几次，都看见女儿在和电话促膝长谈。

她说：“我开学时可能得晚几天再去报到。”

周汪南停下手中的笔，皱眉：“为什么？”

“因为我感冒了……阿……阿嚏！”

他心里有点不痛快，却还是以一个同学的身份祝她早日康复。

对周汪南来说，没有苏玖月的生活，好像过于单调了点，看来这种枯燥的日子还要持续几天。

初秋九月，他站在校园门口，望着高大的教学楼，心里空荡荡的，要是她在这儿，恐怕会有很多有意思的事情，比如邻居家的猫又肥了，暑假作业又有几道题不会，或者她妈又创造了唠叨的新纪录。

眼下，耳根子太清静，反倒惆怅了。

这时，身后有人拍了拍他的肩膀，他回过头正好看到那张熟悉的脸，她笑嘻嘻道：“周汪南，九月玖月，今天是我的生日啊，你难道不给我……阿……阿嚏！”

不知道为什么，那阵空荡荡的感觉突然就没有了……

番外四 extra four

婚后二三事

1

结婚的前一天晚上，苏玖月睡不着了。

躺在床上翻来覆去，她脑内不自觉地勾勒出明天结婚时可能出现的场景，比如怎么戴戒指，如何喝交杯酒，会不会有人开玩笑让他俩当众接吻之类的。

她几乎把能想象到的可能都琢磨了一遍，考虑完这些后，她还是觉得，能够嫁给周汪南简直就像做梦，一个真实幸福的梦。

她有时候会想，如果周汪南没有回来找她，那现在的苏玖月会不会早已经随便找人结婚生子？还有后续的故事吗？

想着想着，她忍不住给周汪南发了条短信。

“我睡不着。”

很快，手机响了，周汪南说：“我也是。”

苏玖月那股兴奋劲儿又上来了，她一个电话打过去，表示你睡不着，我也睡不着，那我们不如聊聊天。

“好。”

难得周汪南和她的意见统一，隔着几十千米，两个马上要结婚的人也不知道说什么好。沉默了半晌，苏玖月实在是心疼流逝的话费，忍不住先开口问：“你做好娶我的准备了吗？”

周汪南轻笑：“从喜欢你的第一天开始，就已经做好准备了。”

他低沉的嗓音传来，苏玖月仿佛看到了他露出的虎牙。

“那你从什么时候开始喜欢我的？”

“……还真记不清了。”

“没诚意！我不嫁给你了。”

周汪南沉默了一下，看不到对方表情这事也挺让人着急的。

周汪南想象着苏玖月说这话时龇牙咧嘴的样子，苏玖月感受着周汪南听到这话时担惊受怕的内心。

她正得意着，周汪南却道：“好啊，那我不娶了。”

问题好像变得有点严重，苏玖月急忙解释："不不不，我开玩笑……开玩笑……"

他的语气听起来相当严肃："你以后要是再随便开这种玩笑，我就当真。"

这还是个霸权主义。不知道为什么，苏玖月对这种霸权十分高兴，她无比高兴地道歉："对不起。"

"以后不许在我面前认错。"

"啊？"这就已经开始约法三章了？

"你在我面前永远没错。"

苏玖月："那下次可以让我一口气多吃几盒冰激凌吗？"

"做梦。"

"……"

2

婚后第一天，苏玖月浑身酸痛，差点起不来床。

偏偏周汪南一大早精神百倍，她刚恢复了点力气，腰上那只手又不老实起来。

要命了。

苏玖月以前从没觉得这种事情比上班还累人，尤其是昨天晚上说完那句“我爱你”之后，周汪南整个人就像是电动小马达附体……

话又说回来，在这种事情上，苏玖月不占便宜，周汪南高大挺拔的身躯压下来，把她的行动力控制得死死的，她要是反抗，怕是这男人……一言难尽啊。

眼看着又要沦陷，苏玖月最终还是没有推开他乱动的手。

再次醒来，太阳已经很高了，阳光透过蓝色的窗帘照进屋子里，苏玖月很想去摸相机，把眼前美好的一刻拍下来，她动了动手指头……算了，还是老老实实躺下吧。

没过多久，周汪南系着围裙进来，问她现在要不要吃饭。

他这副家庭妇男的样子和冷峻男模的气质违和感太强大，苏玖月十分想笑，却还是给他留了面子，表示自己肚子饿得咕咕叫。

周汪南揉了揉她的头发：“那你就赶紧起来，洗澡洗脸刷牙吃饭。”

她央求着：“我可不可以先进行最后一项？”

“你说呢？”他睥睨着她，“好了，我去给你拿衣服。”

“你昨天晚上不是说，我说什么都是对的吗？”苏玖月对着他的背影宣泄不满。

“我只是说你在我这儿没有错。”

“那还不都是一回事？”

“当然不是。”他把衣服递给她，解释道，“我说的是，你在我这里什么都值得被原谅。”

这把煽情来得太突然，苏玖月暗自在心里感动了一把，紧接着脑抽又犯了，抬起头来问：“如果我以后不和你睡一张床，这个值得原谅吗？”

眼瞅着男人的脸色要变，她急忙改口：“我是说你出去跑通告什么的。”

周汪南气结，没理她。

按部就班地说，苏玖月首先应该穿内衣，可是周汪南倚在门边若有所思地望着她，她又赶紧缩了回去。

男人似笑非笑：“你身上什么地方我没看过？”

是啊，他什么地方没看过。

可是苏玖月还是没有办法做到正大光明地坦诚相待，她……她还是有点少女的娇羞。

“你能不能先出去一下？”她说。

“为什么？”

“因为你在这里我不好意思直接穿衣服。”

“要不我帮你穿？”

苏玖月大惊失色：“不……不用了吧……”

周汪南没接话，默默地摘下围裙，直接上手。

3

结婚之前，苏玖月被亲妈做过深刻思想教育工作。苏妈妈很诚实，当她问为什么要这么意味深长时，妈妈的回答简直让苏玖月怀疑自己的原产地。

她说："你本来脑子就不好使，好不容易找到一个长得帅又有钱的男人，可千万不能让人给跑了呀。"

单从语气来讲，她感受到了来自亲妈的鄙夷。

苏妈妈说，嫁过去的第一步就是管住男人的钱包，把所有的存折、银行卡、信用卡统统收入囊中，没有资金保障，就不信他能做出什么抛妻弃子的事情来。

理论上说起来容易，做起来好像有点难。

结婚当晚，苏妈妈刚刚打电话过来，又把这事念叨了一遍。

苏玖月窝在卧室里啃着苹果，含混不清地把这事蒙混过去了。

吃完晚饭，她又自告奋勇去洗碗，周汪南仿佛幽灵一样，飘然出现在冰箱旁边。

苏玖月一回头正好看到他，吓得直拍胸脯："我的天，你想谋杀亲妻啊？”

周汪南面不改色，从西裤口袋里掏出钱包，放在了桌子上。

苏玖月纳罕：“你这是干什么？”

“三张银行卡、一张信用卡，还有社保卡、医疗卡、购物卡，你收好。”

“不是……你这什么意思啊？”

“上交啊，由领导管理。”

苏玖月心里挺高兴，可是她想了想自己要这么多钱也没什么用呀，便表示他不用这么客气，有这份心就好了。

周汪南才懒得和她啰嗦，语调顿时降了几分：“你到底要不要？”

苏玖月犹豫着：“要……不要……”一抬头，周汪南逼近的身影已经在眼前，她赶紧点头，“要要要要要……”

见她肯收下，周汪南满意地别过头，顺势瞅了一眼池子里的洗碗水，表情突然凝固起来。

他问：“你饭前不是吃了一个苹果吗？”

“……我想饭后还吃一个。”

“加上洗碗水味道是不是更好？”

“什么？”苏玖月仔细琢磨着他的话，立马转身把苹果从脏水里捞了出来，嘴里不停地嘟囔着，“哎呀，对不起对不起对不起啊小苹果……”

周汪南郁闷，他这是娶了个什么玩意儿回家？

4

婚后没几天，周汪南的父母再次去了国外出差。

送完他们从机场回来的路上，苏玖月正感慨着两位老人家“情深深雨蒙蒙”，共同追逐爱情与梦想的步伐，前面突然驶过一辆公交车。

苏玖月眼睛一亮，说了句：“我真是好久没坐公交车了。”

周汪南在心里叹了口气。

果然，没超出 200 米，她死活要乘公交车回家。

实在是拗不过她，周汪南只好低头妥协，将车子停在了就近的站牌下。

苏玖月说：“你要是陪着我，谁把车开回家？”

结果这话直接遭到了周汪南的白眼。

他反问她：“谁说要陪你坐公交车了？你觉得我适合出现在公共场所吗？”

苏玖月想了想，的确。他要是出现，那才真是唯恐天下不乱，恐怕会影响到整条线路的交通运行，就算是为了别人的生命安全考虑，她的男人也绝对不能带出门去。

很快，公交车到站，苏玖月对着车里的周汪南摆了摆手，示意他先开车回家。

路走到一半，公交车司机突然说："后面那辆车跟我们一路了，我们快他也快，我们停下他也停下，他不会是有什么不可告人的目的吧？"

这话说完，车内群众一阵探讨，顿时人心惶惶。

苏玖月心疼周汪南，眼泪涟涟地解释："不好意思，他的目的是我。"

全车人几乎都向她投来不可思议的目光。

公交司机更为直白，说："没看出来你还隐藏得挺深。"

她自知长了一张"没目的性"的脸，可是他们这样真的让人很尴尬。

苏玖月时不时地看向那辆紧紧跟随的车，心里念叨着快点到家，周汪南虽然也会讽刺她，但是她知道，那都是爱。

5

婚后的生活一团糟。

每天对着糊里糊涂的苏玖月，周汪南觉得头大。

她可能是个被能力遗弃的孩子，什么事情都做不好，什么事情都要他亲力亲为。

不过周汪南也挺庆幸的，久而久之，苏玖月就会对自己形成依赖感，习惯了他的存在。这样一来，不管以后发生什么，她永远都不会离开他。

奇葩的想法从脑子里蹦出来之后，周汪南又觉得想太多，这个世界上除了他，大概没人能照顾得了苏玖月吧。

可是他还记得有个人叫陈铭睿，很长一段时间，这人是自己的情敌，那时候他才明白，原来除了他周汪南，还真有人也瞎了眼。

这件事还要从阿南说起，如果不是苏玖月养了阿南，也不会整天往宠物店里跑。

周汪南第一次见到陈铭睿是在一个上午，苏同志一向该换的大脑再次供血不足，失手打翻了热水壶。

陈铭睿紧张的样子像是他自己被烫伤一样。有些事情男人与男人之间最清楚不过，就好像女人能明确分辨出哪个是心机婊。

对于情敌，周汪南不是一个坐以待毙的人，陈铭睿说要谈谈，他果断地要了地址，十分钟之内到达“战场”。

服务员端上咖啡来，陈铭睿喝了一口，煞有介事地说：“我喜欢苏玖月，我希望我们能公平竞争。”

周汪南不屑：“谁要和你公平竞争？”

“看来周先生是不准备追求苏小姐了？也好，这对你的模特生涯有利而无弊。”

周汪南纳闷，这人怎么还喜欢对别人的人生指手画脚？就算自己为此丢掉模特的这份职业，和他也没有半毛钱关系。

“幼稚。”

他甩下两个字，便离开了咖啡厅，开车直奔苏玖月的公司。

周汪南记得，来之前还有场拍摄没有结束。可是现在他非常想见到她，内心的渴求像是着了魔，一向厉害的自制力彻底绷断。

他坚信，不管是过去，现在，还是未来，苏玖月不会喜欢上别人。

他也不知道哪儿来的自信。

6

婚假结束后，苏玖月再次回到工作岗位已经是一个月之后的事，班上好几个同事还闹腾着吃喜糖，她二话不说就答应了。

可是喜宴已经办完，真正意义上的喜糖一块没剩，苏玖月商量着要不要重新买点一样的。

哪知道周汪南第二天带回来一大堆巧克力，说得好听拿去给同事们分一下，难道买这些东西不用花钱的吗？

她似乎感觉到了银子流逝的心痛，难过得让人窒息。

然而周同学就像是没事人一样，完全忽视掉了她的愤慨。真是岂有此理，气死她了！

众所周知，苏玖月是一个憋不住话的人，紧接着把她的不满全部倾倒而出，那气呼呼的架势像是要对周汪南开三堂会审。

“说！你买这么多巧克力究竟居心何在！”

周汪南抽了抽嘴角，反过来问：“你能不能正常点？”

她坐在地毯上，急得直打滚，怎么也顺不过来这口气。

“你看看，咱俩现在结婚了。我妈说过，柴米油盐酱醋茶，过日子处处需要钱，以后有了孩子还要花更多钱，要是像你这样大手大脚的，日子还怎么……怎么过啊……”

苏玖月说着说着，自己都开始觉得没底气，声音越来越小，越来越低……

最后，她郁郁寡欢地起身爬到沙发上，反省去了。

周汪南对此人的突然转变哭笑不得，长臂一伸便搂住了她的脖子，将人拐带进怀里。

动作来得毫无预兆，苏玖月没有防备，直挺挺地跌进男人的怀里。

他的胸肌硌得慌，她揉了揉脑门儿，闻着他身上淡淡的清香，紧张道：“大白天的，要干什么？”

他忍不住笑：“你想什么呢？”

不是这个意思吗？明白过来自己说错了话，苏玖月红了脸，闷着头没应声。

好半天后，她感觉有只手揉着她的头发，低沉而特有的男性嗓音从上方传来，如说情话一般呢喃着：“跟我在一起，你其实什么都不用想，有我呢。”

苏玖月再次被他的话感动到，不禁想起电视剧里，遇到困难或危险时，男主角对女主角说过的话——

“别担心，有我呢。”

人生漫漫，脚步匆忙而虚浮，又会有几个人对你说有我呢？

7

要问十八岁前的苏玖月，你最害怕的集体活动是什么？她一定会不假思索地回答：“同学聚会。”

高中时的她并不出众，属于扔在人堆里还要多看几眼才能挑出来的那种，更可怕的是，来自其他同学的刁难和欺负让她敢怒不敢言。

她记得，那时候有人叫她㞞包。

吸取了过去隐忍的教训，苏玖月便在大学时开始肆无忌惮地“长枝杈”，不管怎么样，绝对不能再被人欺负，更不能做包子！

所以，发誓要重新做人的她做了人生中最大胆也最持久的一件事——追逐周汪南。

整个大学，她都在为了他而奔跑、忙碌。

苏玖月那时候很清楚，其实最害怕的不是直接被拒绝，而是当她奔跑着去拥抱日出的时候，金黄色的太阳与她渐行渐远。

她以为只要够努力就能够追上它，哪知道在她勇往直前的同时，阳光也变得越发闪耀。

苏玖月一度认为自己追不上周汪南，很长一段时间里，她都在自欺欺人。

苏玖月想，只要现在能陪在周汪南的身边，对她而言就已经是最大的幸运。

孟清清曾不止一次劝她放弃，可是她那时的执念就好像被打了鸡血，亢奋、激昂、上进、积极，以喜欢周汪南为荣，以放弃周汪南为耻。

现在回头想起来，就觉得挺可怕的，她像一个没节制没头脑的女疯子，真不知道周汪南是怎么熬过来的。

当苏玖月兴冲冲地问他当时的情况时，周汪南心有余悸。

“小武他们当初一致认为你这儿有问题。”他指了指自己的脑袋。

虽然这话让人听了觉得火大，苏玖月还是凭借小聪明进行了投机取巧。

她伸手在周汪南指过的地方画了个圈：“对啊，你这儿本身就有问题。”

男人目光杀过来，她又气定神闲地解释着：“你的就是我的，我的就是你的。所以，我傻就是你傻。”

也不知道到底是谁傻。

8

苏玖月怀孕是在婚后的第二个月，正值七月份，天气正炎热，这对她而言是一种无形的煎熬。

从医院里拿到报告单后，望着外面灿烂的日头，苏玖月觉得有些耀眼，下意识地跟在了周汪南身后。

开车回去的路上，她整个人心情都萎靡不振。而周汪南与她的表现大相径庭，甚至喜不自胜。

苏玖月以前看过一本书，里面说男人大部分都对孩子这事挺在意的，她要是说她不想要，周汪南怕是要和她同归于尽。

肚子里有了另一个生命，连体能消耗都变得快了起来。

卖早点的小摊还没撤，车刚拐过弯去，她闹着要吃东西。

周汪南皱眉：“你怀孕了，不适合吃路边的东西。”

苏玖月瞬间举起了打倒地主阶级霸权主义的大旗：“我以前经常吃这里的饭，也没怎么样啊？你停车，我饿了。”

可是他眼睛望着前方，手掌控着方向盘，并没有要停下来的意思。

苏玖月火大，一路上不满地嘟着嘴。

快到家的时候，周汪南把车停在了蛋糕店门口，说：“你不是饿了吗？”

她瞅了一眼蛋糕店的牌子。

“我不想吃蛋糕。”苏玖月犹豫了一下，还是把话说出口，“我不想生孩子。”

出乎意料的是周汪南并没有为难她，更没有想象中的大发雷霆，越是这样平静就越可怕。

她条件反射地缩了缩脖子。

良久，男人才开口，直奔中心：“怀孕期间可以吃零食，要少吃。”

苏玖月：……这未免也太了解她了点。

所以，她以“不能吃零食”为借口的不生孩子抗议无效，不知道为啥，还挺高兴。

和周汪南在一起，吵个架都难。

9

孟清清和孙长远的爱情故事波澜壮阔，在苏玖月眼里，简直就是现代版的梁山伯与祝英台。

虽然着实让人觉得坚不可摧，但是不得不承认，这件事给苏玖月留下了严重的心理阴影。

她一度害怕带男朋友见家长，周汪南性格冷漠毒舌，万一有几句话没说好，场面失去控制，打起来那是不太可能，就怕他们二人的婚姻得不到父母的祝福。

在去苏家之前，苏玖月这个女儿居然比周汪南还要紧张，别人紧张表现为瑟瑟发抖，而她则一口气喝了五瓶矿泉水压惊。

喝水也堵不住她的嘴，她一边喝还一边问着："周同学，要是我爸问你有什么未来的规划你怎么回答？"

"你都问了三遍了。"

"我……"她又咕咚下一口水，"我第一次这样，没什么经验，现在紧张得不得了。"

周汪南无语，直勾勾地看着她的眼睛，被她感染上了紧张，却还是安慰道："你教给我的我都记住了。"

"那就好那就好……"苏玖月一边嘟囔着，一边起身，"其实凭你的聪明才智，我爸我妈肯定会喜欢你，记不记都可以。对了，我先去个厕所。"

周汪南："……"

10

春季天气变暖，多种病症频发。而苏玖月经常随大流，不幸染上了风寒。

她长期萎靡不振，精神恍惚，咳嗽得声嘶力竭，仿佛要把肺震个窟窿。

偏偏公司里近期接的案子多，好几场拍摄排得满满的，根本就没有她抽身的机会。

周汪南实在是看不下去了，早上吃完饭的工夫，硬是摸起了她的手机给王星光打了电话。

"王老师，不好意思，苏玖月身体不舒服，三天之内不能去上班了，需要休息。"

"不是，怎么能说不来就不来了呢？这边还有个拍摄在等着她，不行啊……”

“我看过你们签订的劳务合同，并没有有关员工病成这样还必须上班的条例。”他微微停顿了一下，找到了更强劲的说服力，“除非，您和您公司想大名远扬。”

周汪南怎么说也是公众人物，一句话便可以决定话题的走向，王星光哪受得了这样的要挟，急忙改口：“不不不，其实苏摄影师早就应该休息了，你们忙，我再换个人拍摄。”

电话挂掉了，在一旁偷听的苏玖月忍不住跳了出来，兴奋地蹦来蹦去。

“太好了太好了，我不用上班了。”

周汪南：“看来你还是病得不重。”

1

转眼间，苏玖月和周汪南已经在一起生活了六年，对他的称呼也从“周汪南”变成了“老周”。

这些年，和他在一起，苏玖月总觉得自己像是做了一场美梦，永远都不会醒的梦。

今天是周末，苏玖月在家闲得发霉，打电话邀请孟清清来玩，巧的是，孟清清也无聊透顶，两个人再一次一拍即合。

十几分钟后，门铃声响了，孟清清热得满头大汗，带着女儿站在门口。

“我的天，今天太热了。”

苏玖月急忙让她进屋凉快凉快。

一听见熟悉的声音，桐桐急忙从里屋跑了出来，拉着小眠的手就往房间里跑，兴奋地说：“你快来看看，昨天爸爸刚刚给我买了新的芭比公主，可漂亮了。”

儿童房里一阵又一阵叽叽喳喳的笑声传来，苏玖月在这边和孟清清聊得热火朝天，仿佛一口气要把这几天发生的所有事情全部倒完。

那俩小姑娘的劲头和她俩颇为相似，孟清清忍不住开起玩笑来。

“你说，咱俩也巧，小眠和桐桐一样大，我原来还计划着，如果一个男孩一个女孩，定个娃娃亲呢。不过现在也挺好的。”

“是啊，那时候咱俩还在上大学，还是一朵花，转眼间都成了孩子的妈了。”

孟清清环顾四周，总觉得什么地方不对：“阿南和月牙呢？”

“出去被周汪南遛了。”

“看来你小日子不错啊，周大模特整天陪着你。集万千宠爱于一身，我估计那些粉丝都要恨死你了。”

苏玖月立马打断了她：“哎哎哎，你这话说得不对啊。什么叫粉丝们恨死我了？周汪南本来就是我的。”

这话依旧遭到了孟清清的鄙夷："看把你得意的。"

"对了，你家孙长远的生意做得怎么样了？"

一提到这个，孟清清就来了一肚子委屈："整天忙得上蹿下跳，不过还是挺照顾我们母女俩的。"

苏玖月模仿她噘嘴："那你这种表情做什么？"

"怕他太累，累坏了身体。"

"……"

2

苏玖月到现在还记得，孟清清结婚那天的场景。

即使后来，很多东西在时光的过滤下沉淀、发酵，但有的回忆，似乎定格在了当初那一瞬，在往后的日子里，还是不停地描摹上色。

孟清清结婚那天，也是一个大晴天，天气好得让人感动。

孟清清穿着洁白的婚纱走向自己时，苏玖月情绪万马奔腾，差点没忍住哭出声来，好在周汪南及时拉住了她的手，才让她冷静下来。

昔日肩并肩一起哭一起笑的好朋友依次结婚，过去同在一起叽叽喳喳的女孩已经有了各自的家庭，找到了以后陪伴一生的人。

说起来，是真的挺伤感啊。

时间真快，它会在不知不觉中带走属于你的那份天真和任性，逐渐镀上以后人生应该有的颜色。

孟家二老也是感动得稀里哗啦，孟清清以前说过，她和家里的关系并不是太好，现在看来，不管什么心结，统统都在这一刻打开了，再也没有耿耿于怀的事。

苏玖月红着眼眶问周汪南："我嫁给你的时候，是不是也像现在这样？"

周汪南明白她话中的意思，长臂一伸，将她搂在了怀里。

当孙长远为孟清清戴上戒指的那一刻，仿佛全世界都不重要了。那一瞬间所定格的，只有年少和喜欢，从今往后，才是真正属于他们的爱。

3

这年，大学同学聚会定在了七月七，七夕节。

日子一定下来，微信群里的诸多同学纷纷开始吐槽，这不是出去等着被虐吗？

苏玖月瞥了瞥旁边的周汪南，忍不住在心里得意起来，以后单身狗这种称呼，恐怕就和自己没什么关系了。

苏玖月问他："今天晚上陪我去参加同学聚会好不好？"

"哪儿的同学？"

"大学的。"

"不好。"

她一听火了，立马爬起来，质问道："不是，怎么大学同学聚会就不行了呢？你也认识他们啊。"

周汪南的理由义正词严："正是因为我认识他们，所以才知道这帮单身的到底有多不正经，别把你带坏了。"

"不……"她哭笑不得，"你陪我去。不过你看我像是随便能被带坏的人吗？"

对面的男人斜视着她，嘴角突然扬起："也是，你不需要被人带就……"

没等他把话说完，苏玖月一个抱枕拍了过去："哇，周汪南你敢说我坏话……"

结果，苏玖月这小胳膊小腿实在是打不过周汪南，主动变被动，只能任人摆布。

不过，他总算是答应陪她去参加同学聚会了，不算吃亏。

4

路上堵车，苏玖月和周汪南来得比较晚。

孟清清和孙长远早就已经在门口等着他俩，一进门，孟清清便嗔怪道："你俩怎么来这么晚啊，再晚点怕是都要散场了。"

苏玖月只好吐槽一下现在的交通问题令人堪忧。

苏玖月问："咦，你怎么把孙长远也带来了？"

孟清清得意地抬抬头："那当然，七月七，结了婚的我不做点什么，对不起做了那么多年单身狗的自己。"

苏玖月一想，这话挺有道理，然后开始虚头虚脑地称赞孙长远娶了个好媳妇，一定要珍惜，不珍惜我就扒了你的皮之类的……

周汪南实在是听不下去，带着一个没脑子的老婆出门，时时刻刻都要注意。

所以，眼见今天晚上的主题从同学聚会转向闺蜜闲聊，他和孙长远互使眼色，急忙把这俩如胶似漆的好姐妹给拉走了。

聚会定在了酒店的 VIP 包间，苏玖月推门而入的时候，正有人唱着周杰伦的《东风破》，不是太好听……

她一度怀疑自己是不是走错包间了，这时候班里外号为老油子的男生，高嗓音叫着她们的名字："哎，苏玖月，孟清清，你们来了，快坐快坐。"

苏玖月隔空给周汪南传递一个眼神，那模样就像是在说："怎么样？我们班都是正经人吧？"

周汪南："……"

老油子说："你看看，你们俩太速度了，刚毕业没多久就结婚了，两大美女啊……"他感慨完人生，又举起杯子苏玖月说："来，喝一杯。"

"啪叽"一声，苏玖月仿佛听到了自己来之前信誓旦旦的话被击碎。

不过……同学聚会喝喝酒也不算什么大问题吧……

她下意识地低头看向周汪南，那男人正以一种凌厉的目光在紧紧盯着自己……

她急忙摇摇头："不了，喝酒就算了。谢谢你啊。"

当天晚上，迫于无奈，苏玖月和孟清清被各自的"家长"提前拉走了。

同学们感慨虐单身狗之余，也忍不住羡慕。

什么时候，他们也可以找到属于自己生命中那道璀璨又温暖的光呢？

番外六 extra six 宝宝日记

1

听说，爸爸和妈妈算是半个大学同学。

我问妈妈，大学是什么？

妈妈说，大学就是一群公主寻找王子的地方，也是王子寻找公主的地方。

我爸爸从背后搡了她一下，冷冰冰地说：“别当着孩子的面瞎说。”

怎么又是瞎说呢？

老师说过，一个家里，爸爸爱妈妈，妈妈也爱爸爸，可是他们互相爱来爱去，我却觉得没有爱我。

因为爸爸说妈妈经常告诉我一些不正常的东西，让我不要听到心里去。而妈妈说，爸爸表面上死板，实际上心里乐着呢。

这两个人，真是让我操碎了心。

晚饭经常是爸爸来做，而妈妈负责刷碗。

有一天，我听见爸爸接过碗，说："我来吧。"

妈妈摇头："你都做饭了，我不去刷碗岂不是显得我在这个家很没用？"

"你还是和那时候一样。"

"那时候什么样？"

爸爸从背后抱住妈妈，最后他们聊天的内容只有他们俩才能听见。

真遗憾，大人的心事我一个小孩子也听不懂啊。

2

我爸爸是一个大模特，他很帅。

妈妈也是这么说的。

妈妈说，当初喜欢爸爸的阿姨很多很多很多，多得像德克士排的长队，从这条街排到了那条街，送情书的人更是不少。

我问：“妈妈，情书是什么？”

她悄悄瞥了一眼爸爸，低声告诉我：“就是男孩子给喜欢的女孩子写的信，女孩子喜欢男孩子也可以写。”

哇，还有这种东西。怪不得老师说，人类创造出来的东西很伟大呢。

“那，妈妈，你有给爸爸写过情书吗？”

她似乎被我的问题难到了，思考了半天没有告诉我答案。

这时候爸爸过来了，他眼睛里带着似有若无的笑意，趴在我耳边说：“写过。”

我正打算点头，只听到另一边妈妈夸张的呐喊声：“周汪南，你别当着桐桐的面冤枉人！我哪给你写过情书？”

我被吵得捂耳朵，急忙溜回了房间。

不过我还是听到了爸爸妈妈酸溜溜的对话。

爸爸问：“你没有给我写过情书吗？”

“……我帮你抄过报告！我一直都在你身边，想要表达什么直接就说出来了，干吗要写情书！”

“也是啊，居然没收到过你给我的情书。你是不是要补一封？”

“啊？”

“来吧，不要留下遗憾。”

3

爸爸说，以后我长大了，要好好照顾妈妈，因为妈妈生我很辛苦。

我问爸爸，那到底有多辛苦。

爸爸说，我还在妈妈的肚子里面时，就特别能折腾。妈妈的身体原来很好，从不生病，可是自从有了我，每天吃也吃不好，睡也睡不好，就像是生病了一样，吃多少吐多少。

而且，最关键的是，爸爸说妈妈生我的时候十分痛苦，差点搭进了半条命。所以，不管以后妈妈怎么凶我，我都不能不要妈妈。

爸爸说：“现在告诉你这些，是为了让你有心理准备。你妈还不让我告诉你这么多。”

“那你不听妈妈的话，你不爱她了吗？”

爸爸笑着摸了摸我的头：“不，正是因为爱她才告诉你。”

我不明白，为什么在大人的世界里，爱可以有这么多的含义，可能因为我太小了吧。

4

我家里有两只狗，一只叫阿南，一只叫月牙。

相比较之下，我最喜欢的是那只叫阿南的哈士奇，虽然它年龄比较大了。

妈妈说，狗狗的寿命比我们要短很多，也许我们的世界里会出现各种各样的人，可它们的一辈子，眼睛里就只有我们。

妈妈说，阿南曾经救过她的命。

我问她："狗也会救人吗？"

爸爸不知道从哪里找来了照片，让我看受伤的阿南和妈妈，满身都是血。

妈妈不乐意了，怪他把这种照片给我看。

爸爸却表示，这是为了让我明白世界上有很多可怕的事情，可是再怎么可怕，也会有光明和爱。

光明和爱，我想，这句话，我应该会用很长的时间才能够明白，不过现在，至少我能够相信，这个世界上，真的有大人们说的美好存在。

5

今天，妈妈好像不太高兴。整个家里充满了火药味，阿南和月牙躲得远远的，吓得我也跑开了。

妈妈今天接我放学，半路上看到爸爸和一个美女阿姨交谈，那个阿姨妈妈还认识，好像姓柳。

妈妈回来以后好奇地问："你们两个聊的什么？"

爸爸说这是秘密。

妈妈立马沉下了脸。气氛就在这时完全变了质，我能感觉到电视剧里那种火山即将爆发的气息。

晚上，妈妈似乎因为这件事和爸爸吵架了，我好害怕，害怕他们会因为这件事情不再爱对方，然后彻底分道扬镳。到时候我就没有妈妈，也就没有爸爸了。

这应该就是大人们所说的，害怕失去。

我透过门缝偷听，妈妈一直不肯放过这个话题，而爸爸也不争不吵，这种感觉很怪。

后来，爸爸给了妈妈一个惊喜，摆了很多星星灯与鲜花，妈妈感动得一把鼻涕一把泪，上去给了他一个大大的拥抱。

爸爸解释过我才知道，原来那是因为妈妈快过生日了。爸爸从柳阿姨的朋友那里订了很多鲜花和礼物，为了保持美观，几个人商量了很多对策。

虚惊一场。

我家终于又平静了，像过去的日子一样，越来越温暖。

不过，我想，以后我嫁人，就找像爸爸这样的。

6

阿南和月牙生了一窝小狗，这可愁坏了爸爸妈妈和我。

整个房间都被狗霸占了，哪里还有我们的容身之地？

迫于无奈，妈妈在什么论坛上发了帖子，再加上有一个叫陈铭睿的叔叔很愿意帮忙，狗狗很快就送出去了很多。

这个问题解决了，另一个问题又来了。

妈妈对爸爸说：“陈兽医来帮了我的忙，我发现这人还挺不错。”

爸爸瞪她一眼，用筷子敲了敲桌子，咬牙切齿地说：“吃饭也闭不上你的嘴？”

这明明是一句气话，不知道为什么妈妈却开心得很。

就像爸爸说的：“你妈就喜欢傻笑。”

书上说，一个人发自内心的笑容，眼睛也会亮晶晶的，这说明她遇上的事情，或者遇上的人，能让她快乐。

后记

hou ji

你们喜欢养宠物吗？

我喜欢，却不敢养。

因为我害怕它们终有一天会离开我。

这是我的第一本书，我超级感谢大鱼能够给我这个机会，每每想起来，总觉得自己像中了彩票一样幸运。

是啊，万众人群中，你第一眼看中的人也喜欢你，也是中了彩票一样的幸运吧。

有人问，故事中的苏玖月是不是我本人的写照。我想，各占一半吧。

可能，她的世界就是我内心所向往的某种世外桃源，没有烦恼，没有争夺，还有一个周汪南。

我知道，比起别人我自身的写作能力还差得很多，这一次亏得我的编辑二糖细心指导。作为编辑，她简直比我们作者还要辛苦。

二糖编辑是一个很暖心的人，她很幽默，当我脑抽提议书名定为《你别哭，我会笑》时，她说："我先哭给你看。"

……

大家也看到了，这个故事还有一个主旨，那就是呼吁大家爱护小动物。

人们说，通常是强者保护弱者，而小动物——这种孤独又弱小的群体，它们会纯粹依靠主人的感情活下去，它们也是生命，也有喜怒哀乐，也有失落彷徨。

如果不爱，请别伤害。

其实我本身是一个活在纠结中的人，却希望自己带来的是欢乐与美好，让其他人都感受到生命的简单和喜悦。

说白了，我就是一个想带你们在精神上奔小康的大哥。

最后，希望大家能多支持我的作品，我也会在不断学习中努力提高自己，一起加油！

未然大哥